내 인생의 화양연화

명랑 다크한
주인장의
詩가 있는
골목 책방

글·사진 김수홍

대숲바람

나와 인연이 닿은 조그만 땅을 사서
염두에 두었던 작고 예쁜 집을 짓고
시가 있는 골목 책방이라고 이름 붙인 공간을
채우고 꾸려가던 내내
중년 남자는 소년으로 설레었지요.

시골책방
B급 문화 빨대의 명랑 다크한 탐색기

제주문학의집에서 김민정 시인의 강연을 들은 적이 있어요. '아름답고 쓸모없기를'이라는 시어가 참 멋지다고 생각했던 시인이에요. '아름다운데다 쓸모까지 있으면 안 되나'라는 실용이 능사만은 아니라는 생각에 공감했다는 말이기도 하지요. 그런데 잘나가다가 삐딱선을 타기도 하는 내 오랜 버릇이 여기에서도 기어이 나오는군요. 그러니 시인이여, '때로는 아름답고 쓸모없기를'이라며 중간에서 타협하자는 내 통속한 가벼움을 부디 용서하세요.

2016년 11월 14일에 '책 보고 음악 듣고 차 마시고 정담 나누는 작은 공간-아지트를 마련했다.'라고 페이스북에 첫 글을 게시한 후 시가 있는 골목 책방지기니 B급 문화 빨대니 하면서 놀았던 이야기를 본 페이스북 친구인 대숲바람 박효열 대표의 제안으로 완전 무명인데다 내세울 것 없는 보통 사람인 내가 이렇게 책을 내게 되었어요.

대표적인 사회적 관계망인 페이스북에서의 내 프로필은 '제주의 시골책방(시가 있는 골목 책방)지기 & 얕고 넓게 B급 문화를 즐기려는 문화 빨대'예요. 그러니까 시를 좋아하는 제주의 시골책방지기이며, 골목이 은유하듯 나서지 않고 소박하게 살아가고, 수준 있는 A급 문화보다는 누구나 쉽게 접근이 가능한 B급 문화의 현장에 얕게 빨대를 꽂아 넓게 빨아먹고 싶은 사람이라는 사회적인 페르소나를 가지고 싶었던 거였지요.

50년 넘게 살아온 인생에서 최근 2여 년 동안 겪었던 체험과 가졌던 생각과 스쳐갔던 느낌을 이렇게 특정한 한 단면만을 모아서 보니 실제 살아가는 내 모습이면서도, 한편으로는 내 연극적 자아를 보는 것 같기도 해요. 나를 불편하게 하지 않는 누군가를 웬만하면 나도 불편하게 하고 싶지 않은 개인주의는 자칫 이기주의로 흐를 수도 있겠지요. 준 것보다 받은 것이 훨씬 많았고, 양심에 찔리기는 여러 번이었고, 비겁하기는 많이 했고, 정답지가 뜯겨 나간 문제집처럼 숱하게 허술한 별로인 사람인데 책에서는 괜찮은 페르소나의 사람으로 그려졌어요.

그래도 어느 지향했던 삶의 모양새에 서서히 젖어갔기에 밤이 오는 일보다 아침이 오는 일이 더 좋은 날이 많았던 요 몇 년간이 내 인생의 화양연화임은 분명해요. 그런 이야기들을 1부 '시가 있는 골목 책방'에서는 중년이 되어 다시 발견하게 된 진짜 나를 작은 책방지기의 정체성으로 그려봤어요. 2부 '중년 청춘으로 살아가기'에서는 실제 연령이든 정신 연령이든 청년으로 사는 사람들과 어울리면서 중년 청춘으로 살아가는 명랑한 경험담을 썼어요. 3부 '걷는다는 것, 본다는 것'에서는 걸어 다니고 여행하면서 얻게 된 인생에 대한 새로운 관점을 돌아봤어요. 4부 'B급 문화 빨대'에서는 '예술은 삶을 예술보다 더 흥미롭게 하는 것'이라는 글에 공감하는 마음으로 일상의 예술화를 그려본 거예요.

무수하게 많은 세상의 책들 속에 그리 아름답지도 않고 쓸모도 없어 보이는 책을 더하게 되었으니, 오래전 미국을 여행할 때 겪었던 일화를 소개하면서 이를 합리화해야겠어요. 맨해튼에서 목적지를 찾지 못해 한참동안 헤매다가 할 수 없이 인상 좋은 노신사에게 길을 물었지요. 노신사는 영어 말하기와 듣기 모두 서툴렀던 동양에서 온 청년을 탓하지 않고 인내심을 가지고 반복해서 정성껏 길을 가르쳐주었어요. 가리킨 방향으로 나 있는 길로 들어서는 커브를 돌기 직전에 누군가의 시선이 등에 느껴져 돌아보았지요. 내가 제대로 길을 가는지를 지켜보던 노신사는 미소를 지으며 손을 흔들어주었고, 이내 우리는 영영 이별이었어요.

앞서 말했듯이 개인주의와 이기주의를 오락가락하는 별로인 사람인 나는 이런 근사한 노신사는 절대로 못 될 거 같다고 생각해왔어요. 그런데 살아온 날보다 살아갈 날이 더 짧은 게 확실한 나이가 되니 그 노신사의 흉내를, 그러니까 다소 연극적일지라도 내고 싶어져요. 자주는 아니고 아주 가끔 명랑 다크하게 말이에요. 그러다 보면 먼 훗날 어느 사람의 마음 한 자락에 피어날지 안 피어날지 지금은 전혀 알 수 없는 불씨 하나 남겨놓을지도 모르지요. 그리하여 12월 26일의 크리스마스트리마냥 때로는 아름답고 쓸모없는 책이나 사람이 될 수 있다면 살아오면서 맛있게 먹었던 밥값을 약간이나마 지불하는 삶의 쓸모일 수도 있겠지요.

살아계실 때 끝호박이던 막내아들을 늘 안쓰럽게 여겼던 부모님에게 내 버킷리스트 중의 하나를 이루어준 이 책을 드려요. 항상 묵묵하게 나를 지켜봐주는 아내와 두 아들에게 감사해요. 아무리 적게 잡아도 이 책이 나오기까지는 그들의 역할이 5할이 넘어요.

차

례

●

2부 중년 청춘으로 살아가기

3부 걷는다는 것, 본다는 것

1부
시가 있는 골목 책방

시골책방

집 나갔던 시가 조천 포구에 있다기에
기사 딸린 자가용을 보냈더니
기어이 구불구불 골목길을 걸어오는군요
바다 골목길을 치오른 보리숭어가
눈먼 고래에게 작업을 거는군요
흑백사진으로 각인된 갤러리는
고양이 노리가 조는 풍경이군요
섬 집의 납작한 오후는
시인이 사는 집이 궁금하여
꿈꾸는 섬이 되었군요
규격 봉투가 아니라며
키스 골목을 간신히 빠져나오더니
지난 연애의 서사만 늘어놓군요
시와 그림책을 닮은 골목길을
둘둘 말아 주머니에 넣고는
시골책방 코앞에 와 있군요

현무암 돌담과
오래된 나무와
심심한 백로가
제주 삼촌들과 함께 사는
용천수 솟아나는 바다 곁
조천리 골목길에 터 잡은
시가 있는 골목 책방이
일찍 깬 새벽의 외로움으로
화들짝 시를 반기는군요
이내 집 나갈 궁리에 빠지는
조루마냥 짧고 뜨거운
시의 오고가는 모양이란
명랑한 골목길을
글썽이면서 걸어가는
그리울 감정노동이군요

한참을 돌아와서 결국은 쪼잔해진

초등학교 5학년 즈음에 부산 서대신동 동네 시장 입구 버스정류장 앞에 있었던 동네 책방을 자주 들락거렸어요. 그렇다고 책을 좋아했던 아이는 결코 아니었어요. 실은 안경 너머로 선해 보이는 눈과 미소 짓는 모습이 살짝 예쁘다고 여겨졌던 책방 누나가 참고서나 어린이 잡지 정도나 가끔 샀던 영양가 없는 고객이었던 나에게 친절했거든요. 근처를 지나다가 들러서 책도 사지 않으면서 어린이 잡지나 만화책을 읽고 있어도 사탕이나 달달한 음료를 주곤 했지요.

그 무렵 가족들이 모여앉아 장래 희망을 말해보라고 했을 때 "집 근처에 있는 동네 책방 주인이 되고 싶어요."라고 했었지요. 엉뚱한 소리를 자주 했지만 막내라는 이유로 항상 웃어넘겨주던 어른들이 이때만큼은 다르게 반응하더군요. 그러니까 '다른 애들은 대통령이니 장군이니 하면서 꿈을 크게 가지는데, 사내 녀석이 왜 그리 꿈도 없고 쪼잔하

냐.'는 거였지요. 그때 깨달았어요. 남자아이가 커서 동네 책방지기가 되고 싶다는 거는 꿈이 없다는 거나 쪼잔한 거로 취급받는다는 거 말이에요.

대학 진학을 앞두고는 역사학과나 사회학과에 관심이 있었지만, 결국은 취직하기 유리한 경제학과로 갔어요. 우리 나라 대학들의 경제학과에서 배우는 주류 경제학이란 게 계량이라는 수학 놀음과 더불어 합리와 효율을 중요한 가치로 여긴다는 것도 알게 되었지요. 대기업에서 돈을 다루는 재무 일을 할 때 유용했던 가치였어요. 일벌레라는 소리도 들어보았고, 스스로 꽤 유능하다고 착각하기도 했지요. 돌이켜 생각해보면 유능했던 게 아니고, 누구라도 내 자리에 앉아 있었으면 그만큼 할 수 있었던 거였지만요.

그리 잘난 것도 없었지만 못난 것도 없었으니 남들에게 최소한 쪼잔해 보이지는 않았던 삶은 사업을 시작하면서 조금 흔들렸어요. 온실 같은 환경에서는 어느 정도 인정받았지만, '왕년에 내가 말이야.' 따위는 더 이상 통하지 않는 정글에서 계급장 다 떼고 붙어보니 내가 그런 삶을 힘들어하는 사람임을 알게 된 거지요.

그리고는 지금 돌아보니 첫 경험이 참 많았던 제주에 왔네요. 제주의 해안 마을인 조천리라는 시골 동네의 삼거리 골목에서 '시골책방'이라 이름 붙인 작은 책방을 여는 방식을 겪어보았지요. 오래전 스치듯이 잠깐 꿈꾸어보았다가 쪼잔해 보이고 싶지 않아서 바로 접었던 거 말이에요. 오랫동안 비합리적이고 비효율적인 거라 여겼던, 한참을 돌아와서 결국은 쪼잔해진, 하지만 나는 행복했던.

시골책방

골목길 다니기를 좋아해요. 성현의 말씀이 "군자는 큰길
로 다녀야 한다(君子大路行)."라고 하니 졸지에 소인배가 되는
거지만 뭐 그리 개의치는 않아요. 골목을 낀 모퉁이 집에서
만 살았다는 도스토예프스키가 모퉁이 골목집에서 보았던
비틀거리는 주정뱅이, 몸 파는 창녀, 약삭빠른 상인, 학대받
는 아이가 작은 디테일로 위대한 문학의 일부가 되기도 했
으니까요.

조천 포구로 가는 길목에 있었던 도로보다 낮았던 폐가
를 헐고, 새로 지은 조그마한 집에 작은 책방을 열어서 '시
가 있는 골목 책방'이라 이름 지은 것도 삼거리 골목의 땅
이기 때문이었어요. 전혀 네모반듯하지 않고 자그마한 땅이
니 당연히 한 채로 지어야 효율적임에도 불구하고 작은 집
두 채로 지은 것은 앞집과 뒷집 사이에 자연스럽게 생기는
공간이 세 평짜리 텃밭으로 이어지는, 그러니까 집안에 골

목길을 들이고 싶던 골목길 편애자의 고집이었지요.

조천리는 마을 안으로 해안 도로가 개설되지 않은, 이제 제주에서 몇 곳 남아 있지 않은 동네이기도 해요. 그러다 보니 해안 마을의 오래된 모습이 남아 있는 골목길을 걸을 수 있는 동네지요. 휘어진 골목길이 미로처럼 얽혀 있고, 동네와 맞닿은 바다에는 오리가 헤엄치고 보리숭어가 뛰어오르고 백로가 날아다녀요. 골목길은 땅속으로 흐르다가 바닷가 근처에서 솟아오르는 용천수가 이곳저곳에 있는 용천수 탐방길이기도 해요. 동네 삼촌들이 둘러앉아 이런저런 이야기도 나누는 정자들도 여럿 있는 조용한 동네지요.

커피동굴에서 함께 모여서 인문학 공부도 하고 영화도 봤던 청년들이 시골책방에 놀러왔다가 비 오는 조천리 해안골목길을 함께 산책했던 사진이 있군요. 그날은 비에 젖은 바다가 우수를 보태던 날이었지요. 커피동굴은 제주시 원도심에 있는 사라봉 자락의 낡은 건물 지하에 있는 드립커피가 맛있는 카페의 이름이에요. 웅녀는 동굴에서 마늘과 쑥만 먹으면서 사람이 되었지만, 커피동굴은 '커피 먹고 사람 되자.'라는 슬로건을 내세우지요.

언제부터인지 커피동굴을 아지트 삼아 맴도는 사람들이 나를 보고 '왕언니'라고 부르기 시작했어요. 왕형님이나 왕

오빠라고 부르는 게 맞는데 말이에요. 어찌된 영문인지 추적해보니 두정학 커피동굴지기 님이 붙인 별명인 것임을 알아내고는 따졌더니, 동굴지기 님 왈 "좋은 이야기예요. 그만큼 수홍 쌤을 편하게 여긴다는 거니까요."라더군요.

언제 시골책방에 놀러오시면 시골책방에서 조천 포구까지 이르는 골목길을 편안하게 걸어보지 않을래요. 서로가 마음을 조금씩만 더 열면 대개는 거기서 거기인 우리네 사는 이야기도 나누고 수다도 신나게 떨어가면서요. 물론 이 왕언니와 함께 말이에요.

끝내습작시인

인생 진짜 모르는 거예요. 시를 스스로 읽어본 적이 거의 없던 내가 시를 쓰고픈 마음이 생겨날 줄은 정말 몰랐으니까요. 시가 궁금해지기 시작했을 때에 벽보에 붙어 있는 공지를 보고 찾아갔던 시 공부 모임에서 평론가이면서 시인이신 이어산 선생님을 만났어요. 선생님이 자원봉사로 진행했던 모임에서 시 이론도 배우고 추천해주신 시도 읽어보고 습작도 해보았지요. 얼마 후에는 올해로 32년째 시만 가지고 문학동인회를 지켜온 한라산문학동인회를 알게 되었어요. 시를 알아가면서 쓰고 싶은 마음이 한창 물이 올라 있던 무렵이었으니 그야말로 시절 인연이 닿은 거지요.

어느 가을밤 시를 배우면서 쓰고 싶어 찾아왔다면서 한라산문학동인회의 합평 모임에 불쑥 나타난 중년 남자를 보고는 속으로는 모두들 당황했을 거예요. 그래도 내색하지 않고 합평에도 끼워주고 합평 후에는 입회 축하 뒤풀이도 해주었어요. 대부분 문학청년시절을 거친 제주 토박이들인 동인회의 주축 멤버들은 하나같이 노래나 놀기를 다 잘하더군요. 회사 다닐 때나 사업할 때 접대 좀 해본 가락이 있는 나도 노래방에 가면 꽤 잘 노는 편이니 시인이 될 수 있는 최소한의 기본은 갖춘 셈이라고 내 맘대로 생각했어요.

시를 써온 사람의 이름을 밝히지 않고 진행되는 합평 모임 때 오가는 언어들은 때로는 독설이었지만, 뒤풀이 술자리에서 서로를 달래주는 분위기였어요. 술자리에서 선배들이 들려주는 문학판 뒷담화를 들으면서 인생과 예술의 그 허무한 아름다움에 대해서 토론하는 재미가 쏠쏠했지요. 문학판의 늦은 새내기였던 나야 아는 게 없으니, 그저 주워듣기만 하면서 문학판 말석에 슬쩍 엉덩이를 걸치게 되었어요.

그렇게 좋은 스승과 글벗들을 만나 은유하는 방식으로 글을 쓰는 공부를 했어요. 시가 있는 골목 책방의 밑그림도 이때부터 그리기 시작했던 거지요. 재작년에 개인적인 사정으로 시골책방 시즌 1을 접고 서울에 돌아가기로 하고는 신산공원에서의 시화전을 끝으로 동인을 그만두었지만, 작년에 다시 제주로 돌아온 시골책방 시즌 2에서는 문학 행사 등에 가면 동인들도 만나고 근황도 듣곤 해요.

　내가 동인회에 들어가기 전까지 입회 기수가 가장 막내였던, 그러니까 내가 본인에게는 동인회의 유일한 후배였던 김혜연 시인이 작년 말에 영남문학 신인상 수상을 통해 등단했다는 소식을 들었어요. 본인보다 나이가 한참 많은 후배였던 나를 선배로서 잘 이끌어주었고, 가끔 소주와 맥주가 황금비율로 섞이면서 오묘한 맛을 내는 모습으로 제주의 밤이 취해갈 때면 "어이 후배, 선배를 칼같이 잘 모셔야

해."라고 농담도 자주 했던 선배의 남다른 필력은 이 후배가 잘 알아요.

그러고 보니 한라산문학동인회를 거쳐갔던 사람들 중에 등단 못한 사람은 나밖에 없는 것 같지만, 실력이 모자라서니 서운할 까닭이야 없지요. 아예 등단에 신경 쓰지 말고 습작만 하는 시인으로 쭉 나가보는 자유로운 영혼의 느낌도 나쁘지 않군요. 그리하여 나는 시인이 아니고 끝내습작시인이기로 했어요.

연남동 연가

도를 아시나요 말고 연남동을 아시나요. 내가 아는 연남동은 화교가 운영하는 괜찮은 중국 식당들이 많이 있다는 것과 가끔 갔던 기사 식당으로만 기억했던 낡은 동네였어요. 그러다가 언제부터인지 동진재래시장을 낀 골목길 주변으로 작은 가게들이 문을 열기 시작하더군요. 연남동 골목에 새로 생겨난 작은 가게들이 주는 느낌을 좋아하게 되면서, 근래 몇 년 동안 서울에서 밥이나 차나 술이 필요할 때 가장 자주 찾았던 동네가 연남동이었지요.

이제는 골목길뿐만 아니라 큰길 여기저기에도 생겨난 공간들이 재미있기도 하지만 번잡하게도 여겨져 서울에 오면 노는 서식지를 연남동을 떠나 슬슬 다른 동네로 옮겨볼까 했던 일 년 전쯤이었어요. 음악이나 그림책이나 여행 등 주인장의 개성이 담긴 작은 책방과 북카페가 연남동에 많이 생겼음을 알게 되었어요. 동진재래시장 뒷골목에 있었던 그림책방인 피노키오가 있던 그 자리에 새로 생긴 그림책방인 사슴책방으로부터 시작하여 서점 리스본으로 끝나는 나만의 연남동 책방투어가 가능해진 거지요.

라디오 방송 작가가 운영한다는 서점 리스본은 50대 남자가 진짜 자신이 원하는 것을 찾아가는 여정을 쓴 소설인 《리스본행 야간열차》에서 가져온 이름이라고 해요. "우리가 우리 안에 있는 것들 가운데 아주 작은 부분만을 경험할 수 있다면 나머지는 어떻게 되는 건가."라든가 "익숙한 방향을 완전히 바꾸는 인생의 결정적인 순간이 격렬한 내적 동요를 동반하는 요란하고 시끄러운 드라마일 것이라는 생각은 오류다."라는 화두를 지닌 50대 남자의 모습에서 나의 모습이 살짝 겹쳐지기도 하더군요. 《리스본행 야간열차》는 언젠가 주말 내내 비가 온다는 예보를 듣고는 혼자 시골책방에 틀어박힌 자발적 고립의 주말이기로 하고 도서관에서 미리 빌려와서 읽었던 소설이기도 하지요.

작은 책방들이 문을 닫았다는 이야기가 여기저기에서 들리는 와중에 일 년 만에 다시 찾은 연남동 작은 책방이 아직 그 자리를 지키고 있어서 다행이다 싶었어요. 생계를 걸지 않고 이름만 걸어놓은 사이비 책방지기에게도 동업자 의식은 있지요. 젠트리피케이션이 진행 중인 연남동에 낮을 올린 작은 책방들이 긴 항해를 하면서 바라본 밤바다의 별들이 얼마나 아름다웠는지를 노래하면 좋겠어요. 비록 삶의 현장에서 마주치는 미완성의 의미란 삶으로서만 깨달을 수밖에 없는 게 삶이더라도 말이에요.

어느 노래쟁이가 '연남동 연가'라는 노래를 지어 불러주면 근사할 거예요. '조그마한 길모퉁이 작은 책방'이라는 노랫말이 그 속에 들어 있으면 더할 나위 없겠지요. 그리워할 연에 남녘 남이면 연남이군요. 남쪽 바다 어느 섬 작은 책방들도 그러하면 좋겠어요. 자기 영혼의 떨림을 느꼈던 작은 책방지기들의 그 느낌이 덧없는 오류가 아니었으면 해요. 리스본 뒷골목에 흐르는 리스본식 연가인 파두를 닮은 제주 섬 연가가 조그마한 길모퉁이에 계속 흐르도록요.

간판은 아름상회예요

삼고초려였어요. 인디 포크 가수 요조가 운영하는 무사책방을 찾아갔던 길 말이에요. 서울 북촌의 중앙고등학교 정문 근처 골목길에 있었던 무사책방에 두 번 갔었는데, 한 번은 쉬는 날이었고 또 한 번은 폐점한 직후였거든요. 그리고는 제주 수산리에 무사책방을 다시 열었다는 소식을 듣고는 휴일 날짜까지 미리 확인하는 치밀함을 보이면서 마침내 세 번째에야 무사책방 안으로 들어갈 수 있었어요.

'요조'라는 이름은 다자이 오사무의 단편소설인 《인간 실격》의 주인공인 요조에서 따온 것이고, '무사책방'이라는 이름은 책방이 망하지 않고 무사하면 좋겠다는 희망을 담은 거라고 해요. 제주의 작은 책방 투어를 즐기는 지인들과 차로 오면 편하지만, 삼고초려 끝에 오늘도 무사하기를 바라면서 찾아다녔던 무사책방만큼은 혼자서 버스를 타고 느리게 오고 싶더군요.

시외버스터미널에서 성산읍 수산리로 향하는 버스의 창문을 통해 제주 중산간의 들판과 오름을 보면서 무사책방에 도착했더니, 간판이 한아름상회에서 한이 떨어져 나간 '아름상회'였어요. 그러니까 수산진 성벽이 학교 돌담이기도 한 수산초등학교 정문 앞에서 주류, 잡화, 문구, 완구, 코닥 필름 등을 팔았던 전 주인장의 간판은 남겨둔 채 무사책방 간판은 보일 듯 말 듯 작게 달아놓은 거지요. 서울 북촌시절에는 전 주인장이 운영했던 진미용실의 간판을 그대로 두어 전 주인장의 흔적을 남겼듯이 말이에요. 언어가 본래 의미의 경계를 넘어설 때 더 멋있어지듯이, 아름상회와 진미용실이 무사책방을 만나서는 따뜻한 언어로 되살아났군요.

주인장 취향의 책들과 함께 아기자기한 소품과 빈티지한 패브릭과 오래된 카메라 등이 진열되어 있는 아담한 공간이더군요. 주인장은 다른 출입문이 있는 별도의 공간에 있다가 고객이 음료 주문이나 책값 계산을 할 때 문을 두드리면 나오는 방식이라 눈치 보지 않고 편안하게 책들을 읽을 수 있어 좋았어요. 어렸을 때 하루 종일 자신이 좋아하는 책을 마음껏 편하게 읽을 수 있는 동네 책방 아저씨가 가장 편한 팔자라고 여겨져서 나중에 어른이 되면 책방지기가 되기를 꿈꾸었다는 주인장의 생각이 전해오더고요.

게으르게 시간을 보내고 싶은 금요일 오후의 냄새가 날 때 내가 찾아가곤 하는 제주의 공간들 목록에 집집마다 국기 게양봉이 있다는 것 외에는 무어라 특별할 것 없는 심심한 동네인 수산리의 무사책방이 들어갈지도 모르겠어요. 섬(Island)에서 섬(Stop)을 즐기는 공간인 셈인 거지요. 느릿하게 와서는 여유만만으로 머물다가 천천하게 함께 걸어가고 픈 나만의 공간인 섬 말이에요.

제주에 온 바라나시

　인도를 여행이 아닌 출장으로만 가봤기에 인도에 가면 꼭 들러야 한다는 영적 도시인 바라나시에는 아직 못 가봤어요. 혹시 당신도 그러하시다면 제주에 온 바라나시에 가서 그 영적인 아쉬움을 달래보면 어떨까요.

　작년 여름에 탑동해변축제에 가려고 제주 시내로 나오는 길에 탑동 근처 동한두기 횟집거리와는 전혀 어울리지 않는 곳에 자리를 잡은 북카페인 '바라나시 책골목'에 갔어요. 대문에 적혀 있는 '한여름 50일간은 장기휴가중'이라는 메모를 보고 돌아서면서 '내가 참 무심한 사람이구나.' 했어요.

　몇 년 전 시골책방을 열 때 외부에 소식을 알리지 않으려 했는데, 바라나시 책골목을 꾸려가던 커플이 기어이 날짜를 알아내더니 막걸리와 시장통닭을 사들고 와서는 풍성하게 개업식을 해주었지요. 그런데 제주의 인도 레스토랑인 바그다드에서 결혼식을 올렸다는 그들의 소식을 한참 후에야 전해들었으니 내가 참 무심했던 거지요.

인도 여행 중에 만난 인생 동반자와 함께 바라나시 책골목을 운영하는 권혜진 님은 베테랑 방송 작가였어요. 자유란 욕망으로부터 자유로워져서 지금 있는 그 자리에서 만족하는 거라고 내게는 읽혔던, 《일상여행자의 낯선 하루》라는 책을 낸 작가이기도 해요. 방송일이란 게 그렇듯이 쫓기며 살아왔던 서울을 떠나 그녀 영혼의 양식이었던 흔적이 곳곳에 숨어 있는 수천 권의 책들을 오픈해서 누구나 읽을 수 있는 공간을 제주에 열었던 거지요. 모든 것을 품을 수 있을 듯해 보이는 지붕이 나지막한 제주 전통 가옥인 바라나시 책골목 안으로 들어서면, 주제별 책꽂이마다 영성, 평화와 히피, 실존주의, 시와 소설 등 탐나는 책들이 아우라를 뿜어내며 자리하고 있어요. 전설적인 레게음악을 노래했던 밥 말리의 얼굴을 천장에 두고서 인도식 밀크티인 짜이를 맛볼 수 있는 다국적 공간이기도 해요.

작년 가을 인도영화축제에서 우연히 만났을 때와 올 겨울에 바라나시 책골목에 가서 마셨던 짜이의 맛이 한층 깊어져 있기에 비결을 물어보았어요. "짠밥이 말해주는 거지요. 몇 년 동안 매일 끓였더니 정말 맛이 깊어지더군요." 라면서 편하게 웃디군요. 노마드하고 실존주의적이고 영성적인 영혼을 지향하면서도 일상을 살아가는 모습은 수수하고 평범한 청년들이에요.

귄혜진 작가는 타로점도 잘 봐요. 시골책방을 열기 직전에 타로점을 봐준 적이 있어요. 시골책방의 미래에 대해 말해준 두 가지는 지금도 기억하는데, 미래가 과거가 된 이 시점에서 돌아보니 공교롭게도 다 맞았어요. 하나는 축제가 계속되지 못할 거라고 했는데 이름만 남겨놓은 책방이 되었으니 맞춘 셈이에요. 다른 하나는 도와주는 사람들이 주로 여성이라는 거였어요. 고객은 물론이고 행사 때 찾아주었던 사람들이 대부분 여성이었고 심지어 시골책방에 자신의 책을 기증해준 다섯 사람이 모두 여성이었으니 이것도 맞춘 거지요. "여성적인 것이 우리를 구원하리라."는 괴테의 말은 절대 옳아요.

어느 아나키스트의 고백

제주도 서쪽 중산간에 위치한 저지예술인마을에는 국내외 문화 예술인들이 주거와 작업을 함께하는 개성이 뚜렷한 이색적인 건축물들이 많아요. 제주현대미술관과 김창렬미술관을 비롯하여 다양한 콘셉트의 갤러리도 많은 이 마을에 북갤러리가 새로 생겼다길래 어떤 공간일지 궁금해지더군요. 바로 파파사이트(Papa Site)예요.

파파사이트는 전시 디자인 분야에서 일했던 홍영주 대표 내외가 꾸려가는 곳이에요. 심상치 않은 분위기가 꼭 신비한 보물창고 같은 곳이지요. 이곳에서는 가끔씩 흥미로운 북콘서트가 열려요.

개인적으로 가장 좋았던 파파사이트의 북콘서트 기획은 조세희 작가가 《난장이가 쏘아올린 작은 공》을 세상에 내놓은 지 어언 40년이 되었음을 되돌아보면서, 근현대사의 그늘에서 난쟁이로 상징되는 사람들이 살아가는 모습을 담아놓은 40권의 책을 전시하는 콘서트였어요. "난쏘공을 잡고 있으면 난쟁이가 될 것 같아 공을 쥔 손의 힘을 슬그머니 빼서 떨어진 공이 굴러간 방향과 반대로 걷다가 뛰다가 뒤늦게 가슴을 치는 삶의 무게를 알게 되었다."는 전시 발문에서 그해 70주년이었던 제주 4·3을 기억하자는 행간을 봤어요.

전시된 책들 중에서 두 권을 구입해서 시골책방 서가에 두었어요. 하나는 색의 관계나 형태 등에는 관심이 없고, 단지 비극이나 황홀이나 숙명 같은 인간의 기본적인 감정들을 표현하는 데에만 관심이 있다면서 침묵의 색을 그렸던 마크 로스코에 대한 책이에요. 다른 책은 스페인 내전과 세계 대전을 온몸으로 치르면서 육체의 생존을 위해서 마음을 죽여야 했던 안토니오를 그린 그래픽 노블인 《어느 아나키스트의 고백》이에요. 영화 〈아나키스트〉에서는 아나키스트란 선장 없는 선원의 무리라는 희랍어에서 나왔다는 대사가 나오더군요. 모든 부당한 권력에 저항하는 아나키스트는 결코 이길 수 없는 전쟁, 그러니까 아나키스트의 이상향인 '몽상의 세계(Cloud cukoo land)'를 꿈꾸는 이상주의자였겠지요.

승자보다 패자에 더 끌리는 사람으로도 보이는 홍영주

대표가 언젠가 페이스북에 썼던 아래 글이 계속 내 마음에 머무르기에 옮겨보았어요.

"가난, 전쟁, 독재, 관료주의에 패배하는 아나키스트들은 자신의 이상을 배신하고 난쟁이로 사는 길을 선택합니다. 그리고 삶의 끝이 보일 때 자신의 존엄성을 지키기 위해 스스로를 재판하고 변호 없이 판결하고 형을 집행합니다. 난쏘공의 난쟁이 아버지처럼. 주위에 쓴소리를 해줄 수 있는 사람이 없는 나이가 되었을 때 책은 나를 부서뜨리고 다시 설 수 있게 하는 유일한 쓴소리입니다."

어떻게 아들에게 이미 패배당했고 또 여전히 탄압받는 사상을 가르칠 수 있겠는가? 그것으로 인해 무서운 결과를 치를 수도 있는데…

시인의 사랑

　시인의 사랑이라고 하면 어쩐지 낭만이 가득할 것 같지 않나요. 소의 눈처럼 선하고 맑고 큰 눈을 가진 우직하면서도 섬세한 사람인 현택훈 시인에게 영감을 받아 김양희 감독이 만든 영화인 〈시인의 사랑〉 시사회에 다녀왔어요. 현 시인은 한라산문학동인회에서 함께 동인 활동을 했던 김신숙 시인의 남편이기도 해요. 우연히 제주시 원도심의 산지천 광장에서 열렸던 낭송회에서 그의 시 〈남수각〉을 듣고는 팬이 되었지요. 이 시에는 제주시 동문시장 옆 남수각의 그 서럽고 궁색한 풍경이 생생하게 그려져 있어요. 내가 시 공부를 시작하면서 김 시인에게 현 시인을 만나게 해달라고 졸랐지요. 그 덕에 나의 팬심도 전하고 밥도 같이 먹고 그가 사인해준 시집도 받는 행운을 얻었어요.

　권태에 빠져 무기력하게 살아가던 시인은 마음을 서서히 움직이는 사랑을 만나게 되요. 일반적인 세상의 기준으로는 거부해야 하는 사랑임을 알면서도 결국은 사랑하는 마음을 숨기지 못하는 시인의 방황이 영상으로 그려졌어요. 결국 시인은 사랑하게 된 사람이 힘들어하는 모습을 지켜보면서 세상에 대한 더 큰 사랑을 깨달아가게 되요. 그런 과정을 통해 시인은 권태를 이겨내고 시는 한층 성숙해진다는 내용의 영화더군요.

영화를 보면서 어쩌면 우리는 상징과 생략의 화법인 시를 닮은 말과 글과 행동으로 인해 서로 오해하고 상처를 주고받는지도 모른다는 생각을 해봤어요. 그래서인지 아끼는 사람들과의 관계맺음에는 얼굴을 맞대고 서로의 호흡과 표정을 보면서 명확하고 솔직한 산문의 화법을 쓰는 게 좋겠다는 생각이 들었어요. 유한한 우리 삶에서 곁에 두고 싶은 사람들과 보내는 소중한 시간이 서로 다르게 읽히는 중의적인 은유로 인해 소모되지 않았으면 해서요. 은유의 세계인 시의 영역에서는 천상의 언어에 감동하면서도, 지상에서는 지지고 볶는 통속한 언어로 함께 부대끼고 싶은 거지요.

영화는 시인과 시인의 아내가 시인에게 새로 나타난 사랑으로 인해 갈등하고 고민하고 다투는 내용이지만, 실제는 전혀 아니에요. 두 시인은 제주시 아라동에서 시옷서점이라는 시집 전문 서점을 운영하면서 통속한 시인의 사랑으로 잘 살고 있어요. 학생들도 가르치고 문화 기획 활동도 열심히 하는 제주의 예술 문화 커뮤니티의 중심에 서 있는 부부 시인이지요. 그 바쁜 와중에도 그들에게 가장 중요한 삶의 동기인 시도 열심히 쓰면서, 두 시인은 시처럼 영화처럼 멋지게 살아가고 있으리라 믿어요. 은유하든 통속하든 모두 다든 여하튼 부부가 시인이니 낭만이 가득할 것만 같은 시인의 사랑임은 분명해요.

시시한 골목길

안 그래도 골목길을 걷는 거란 게 심심한 건데 시시한 골목길이라면 얼마나 심심할까요. 시골책방에서 조천 포구로 가는 골목길을 따라 100미터쯤 걸어가면 시골책방도 그분의 시집 두 권을 소장하고 있는 손세실리아 시인이 운영하는 북카페인 '시인의 집'이 나와요. 조천 앞바다의 전망이 한눈에 들어오는, 그래서 이곳에 앉아 있으면 시가 저절로 나올 것도 같은 시인의 집에서는 고정팬이 많은 손세실리아 시인이 엄선한 작가의 사인이 담긴 책을 팔고 있어요. 그 이름을 들으면 알 만한 유명한 분들이 진행하는 북이든 토크든 뮤직이든 장르 안 가리는 다양한 콘서트도 열리는 공간이기도 하니 조천리가 자랑하는 문화의 명소인 셈이에요.

시골책방 바로 옆집 골목 안에는 골목 입구 땅바닥에 놓인 빨간 벽돌에 쓰여 있는 '시와그림책'이 유일한 간판인 시집과 그림책만 파는 작은 책방이 있어요. 어느 겨울 내내

미술을 전공했던 주인장인 제제 님이 직접 연장을 들고 노동을 하면서 지금처럼 아담한 모습으로 바꿔놓은 공간이에요. 시와그림책에서는 담백한 가사를 말하듯이 편하게 부르는 포크 가수 권나무의 공연과 시골책방도 그분의 시집과 산문집을 소장하고 있는 박준 시인의 강연도 열렸지요. 《당신의 이름을 지어다가 며칠은 먹었다》라는 베스트셀러 시집으로 잘 알려진 박준 시인은 세상에 내놓았거나 내놓기 전인 자신의 시를 스스로 낭송하면서 그 시들이 나오게 된 심정과 배경을 이야기하는 독특한 형식으로 강연을 진행했어요. 듣던 대로 겸손한 청년이었구요.

시골책방 시즌 2는 책이나 차를 파는 영업 공간이 아니고, 편한 사람들과 같이 책도 보고 커피도 마시고 수다도 떨고 그러다가 흥이 오르면 음악 들으면서 술도 마시고 가끔은 소소한 이벤트도 해보려고 이름 붙인 아주 작은 공간이려고 해요. 책방지기라고 불리는 게 어쩐지 근사해 보여서 부려본 나의 허세에 속아서 놀러왔다가 책도 보고 커피도 마시고 동네 산책을 같이 하기도 하면서 친해진 지인이나 페이스북 친구들도 꽤 있지요.

제주에 살고 계시거나 제주에 놀러오신다면 책방인 척 하면서 책방이 아닌 공간과 책방이 아닌 척 하면서 책방인 공간들이 두루두루 옹기종기 모여 있는 시시(詩詩)한 골목길을 돌아다니면서 책방에서 책을 보기도 하다가 기왕이면 책도 사보는 것은 어떻겠어요. 제주에서는 심심하지 않으려고 작정이라도 한 듯 어디를 그리 쏘다니는지 주인장이 도대체 책방에 붙어 있지 않는 (시)가 있는 골목 책방은 그냥 지나쳐 버리고, (시)인의 집이나 (시)와그림책에서요. 시시하게 말이에요.

이듬해봄이 오면

비 예보가 있었던 어느 봄날이었어요. 밖을 보니 비가 다 내린 듯해서 우산도 챙기지 않고 포구로 이어지는 동네 산책길에 나섰어요. 육지와 제주를 잇는 바닷길이 가장 짧은 마을이기도 한 조천리는 조선시대에는 육지와 제주를 연결하는 주요한 포구 마을이었다고 해요. 조천 포구를 돌아볼 무렵 소나기가 내리기에 근처에 있던 연북(戀北)이라는 이름의 정자에 올라가 비를 피했어요.

연북정이 조천 포구에 세워진 이유는 한양에서 제주로 내려온 관리들과 유배객들이 북쪽에 계신 님, 그러니까 북쪽 한양의 임금에게 연모의 충정을 담아 절을 올릴 공간이 필요해서였다고 해요. 귀양이 빨리 풀리기를 바라는 유배객이야 그렇다 치더라도 제주 목사와 같은 높은 지위의 관리들에게도 제주는 한양의 고관대작들에게 제주에서 나는 특산물을 진상해서라도 한양으로 빨리 돌아가게 해달라고 빌었던 척박했던 땅이었던 거지요.

유교적인 생쇼의 공간인 듯도 해서 산책길에 늘 만나는 동네 유형문화재임에도 불구하고 발길이 잘 가지 않던 연북정에 비를 피하려고 잠시 머물다가 문득 나의 북쪽에 대해서 생각해봤어요. 내가 태어나고 자랐던 부산이나 가장 오래 살았던 서울이라는 지리적인 북쪽이 있겠지요. 그날처럼 먹구름이 잔뜩 끼어 있고 비가 오락가락하여 볕이 귀했던 그런 날에 만나게 되는 내 마음의 북쪽도 있을 거구요.

소나기가 그쳐서 시골책방에 돌아오니 작은 책방과 관련된 원고 청탁을 받았던 제주문화포럼이 발간하는 《문화와 현실》 최근호가 우체통에 있더군요. 나를 포함해서 제주에서 작은 책방을 꾸려가는 책방지기들의 글이 실려 있었어요. 제주 서쪽 하모리의 막힌 골목길이 끝나는 옛집에 자리잡은 작은 책방인 이듬해봄의 주인장 김진희 님의 글이 눈에 들어오더군요. "공감할 수 있는 관계의 힘을 믿으며 이듬해봄이 따스한 온도를 유지할 수 있도록 지키고 싶다."라는 글이에요.

북쪽인 서울을 떠나 남쪽인 제주로 올 때 내 자리에서 홀로 튕겨져 툭 멀리 던져진다는 자괴감이 들었는지 가족 이외에는 일절 안 알렸어요. 전화번호도 바뀌었으니 수년간 나는 행방불명자였다고 해요. 이제는 행방이 다 알려졌고 누구를 만나더라도 '각자의 자리에서 나름대로 살면 되는 거지.'라는 편안한 마음인 거는 제주가 나에게 선물해준 치유의 힘 덕분이지요.

그날처럼 흐리고 비 내리는 내 마음의 북쪽과 빛나고 따듯한 볕이 쏟아지는 내 마음의 남쪽이 함께일 때 따스한 관계의 봄꽃이 필 거라고 믿어요. 시골책방을 지을 때 주차장을 만들려고 한여름에 텃밭 자리로 옮겼던 나무가 이듬해 봄이 오자 기특하게도 움과 꽃을 피어냈어요. 언제부터인지 작고 소소하지만 그것이 온전한 나의 것이기에 소중한 어떤 결실의 처음인 씨앗이 내 속에서 꿈틀거리고 있음을 느껴요. 한동안 잊고 있었던 그 씨앗의 이름은 나에 대한 기대감이에요.

49

연희와의 인연

그때는 정말 '이거 큰일났구나.' 싶었어요. 시골책방을 막 열었을 때 제주의 작은 책방에 대한 책을 쓰기 위해 여행작가가 취재차 시골책방에 다녀갔던 적이 있었는데, 한참 시일이 지나서 정말 책으로 출간되었다면서 보내왔기 때문이에요. 책을 택배로 받기 얼마 전에 서울 이외 지역 출판인들의 행사인 지역 도서전이 마침 제주에서 열렸지요. 그리고 그중의 한 행사를 시골책방에서 여는 것을 마지막으로 시즌 1을 이미 접었기 때문이에요. 행사가 일요일 오전이라 시골에 있는 작은 책방에 누가 오기나 할까 했는데, 스무 명이 넘는 사람들이 찾아와 2층으로 가는 계단과 바닥에 앉아서 강연을 들었을 정도로 나름 성황을 이루기는 했지만요.

여하튼 시골책방을 포함하여 제주에서 영업 중인 17곳의 작은 책방들이 소개된 《바다냄새가 코끝에》라는 책을 보고 시골책방에 왔다가 헛걸음칠 사람들이 생길 것 같아서 내 페이스북과 블로그에 폐업을 알렸어요. 그때는 시즌 2를 열지 여부가 불투명했으니까요.

구선아 작가를 시골책방에서 처음 만났을 때는 서울에 있는 동네 책방들을 소개하는 책인 《여행자의 동네서점》을 펀딩을 통한 독립 출판 방식으로 발간한 여행 작가라고만 생각했어요. 그런데 나중에 알고 보니 지금은 연남동과 홍대 사이에 있는 경의선 책거리로 장소를 옮겨간 '책방 연희'의 주인장이 되었더군요. 책방 연희는 '책, 연희(演戲, a play)하다'의 줄임말로 말과 글, 동작으로 책과 도시를 이야기하는 도시인문학을 지향하는 독립서점이에요. 그녀가 책방 연희의 주인장임을 전혀 몰랐던 어느 겨울에 연희동에 책방 연희라는 공간이 생긴다는 이야기를 어디선가 듣고는 찾아갔다가 아직 정식 오픈 전이라서 허탕을 친 일이 있었어요. 그때 갔던 것도 나와는 인연이 엇갈렸던 연희라는 사람이 생각나서였던 거라서 '연희와는 이렇게 엇갈리기만 하는 인연이기만 하구나.'라고 아쉬워했었지요.

나와 인연이 닿은 조그만 땅을 사서 염두에 두었던 작고 예쁜 집을 짓고 '시가 있는 골목 책방'이라고 이름 붙인 공간을 채우고 꾸려가던 내내 중년 남자는 소년으로 설레었지요. 책방 연희와의 인연이 책으로 인해 다시 이어졌듯이 시골책방지기로서의 인연이 다시 이어진 시즌 2에도 그런 설레는 마음이 계속되면 좋겠어요. 이참에 분명하게 해둘 게 하나 있군요. 시골책방지기라는 이력은 지금까지의 내 이력들 중에서 가장 자랑스러운 이력이면서 마지막 날까지 간직하는 인연이고 싶은 나의 정체성이라는 거 말이에요.

책방 내부는 시골 오두막을 연상케 했다. 작고 아담했으나, 따뜻하고 아늑했다. 나무 마룻바닥과 나무계단, 계단 아래 모두 높이가 다른 나무책장, 책장마다 한 권 한 권 골라 꽂아둔 책이 가지런했다. 책을 유심히 둘러보던 나에게 주인장이 말을 건넸다.

약 말고 그림책 팔아요

제주에는 '든든든' 그림책 모임이 있어요. 든든든은 '언제
든 어디든 누구든'의 의미지요. 커피동굴에서 대부분 아는
사람들이 모인다기에 몇 번 그 모임에 나갔다가 아이들만
읽는 거로만 여겼던 그림책의 매력을 조금 알게 되었어요.
그림책을 보는 재미와 감동을 모르고 어른이 되었고, 어른
이 되어서도 누군가에게 그림책을 읽어준 적도 거의 없는
내가 말이에요. 작가가 그림과 글에 나누어 숨겨두었던 은
유 찾기의 재미를 알게 된 거지요.

그리하여 시골책방 서가에 놓아두게 된 몇 권의 그림책
들 중에서 이민자와 망명객과 난민들의 이야기를 그림책
작가 숀 탠이 그린 글 없는 그림책이 《도착(The Arrival)》이에
요. 호주 국적을 가진 중국계 말레이시아 이주민 2세라는
경계인의 정체성을 가진 작가가 외로움과 두려움과 막막함
속에 쫓기듯이 경계를 넘어서 떠나야만 했던 사람들에게

바치는 작품이지요.

종달리에 가면 지미오름이 있어요. 지미의 한자어는 地尾이니 '땅끝'이고, 종달리의 終達은 '끝에 도달했다'는 의미니, 종달리는 제주의 끝마을인 셈이에요. 종달리 옆 마을인 시흥리의 시는 始이니 시작하는 마을인 거구요. 전국적으로 치유의 길 걷기 열풍을 일으켰던 제주 올레길이 서귀포시 시흥리에서 1코스가 시작되어 제주시 종달리에서 21코스로 끝나는 인문적인 이유가 짐작돼요. 경계에서 늘 서성거리는 경계인의 성향인 나는 제주시와 서귀포시를 나누는 경계에 놓인 종달리에 오면 생각이 많아져요.

든든든 그림책 모임의 리더였던 언어치료사 양유정 님이 종달리 종달초등학교 후문 앞 담벼락에 도라에몽 그려진 집에 딸린 창고를 손봐서 그림책 전문 책방인 '책약방'을 열었어요. 책과 방 사이에 약이란 단어를 넣으니 치유 공간의 의미를 담은 책약방이라는 멋진 이름이 생겨난 거지요. 풀타임 근무를 하는 직장인 책방지기라서 쉬는 날에만 책방에 나오고 평소에는 무인 책방으로 운영된다고 해요.

도라에몽 그려진 집 옥상에서 달을 보는 나를 누군가가 찍어주었군요. 시작보다 끝에 더 가까워진 나이가 되니 해보다 달에 더 끌리는 마음이듯 시작보다 끝에 더 신경이 쓰여요. 끝을 몰라 시작을 주저하는 삶도 있고, 인생 끝 금방 이니 마음 가는 대로 시작하는 삶도 있겠지요. 모범답안 없는 치유의 길처럼 자신의 선택과 행위로만 짐작되겠지요. 사람이 연 길이 다시 사람을 어디로 열어갈지는 길 위에 서서 경계를 서성거리던 내가 길에게 보내는 은유겠지요.

작은 것이 아름답다

살다 보니 난생 처음 원고 청탁이라는 것을 받아보았어요. 제주문화포럼에서 발간하는 《문화와 현실》에서 작은 책방을 주제로 기획을 했나 봐요. 어떤 접근 방식으로 작은 책방에 대한 글을 쓰면 좋을까 하다가 자발적인 가난을 이야기한 독일 출신의 영국 경제학자인 에른스트 슈마허가 쓴 책인 《작은 것이 아름답다(Small is beautiful)》가 생각났어요.

자발적인 가난이려면 절제 없는 생산과 소비가 미덕인 사회에서 절제와 검소가 미덕인 사회로의 전환이 필요하겠지요. 작은 것보다 큰 것을 더 좋아하는 욕망에 사로잡힌 현대인에게는 인문적이면서 대담하고 도발적으로 다가오는 제목이 인상적인 책이에요. 고갈되고 있는 자연이란 대체 불가능한 것임을 인정하고, 인간이 기계에 매이기보다는 인간에게 유용한 인간의 얼굴을 한 중간 기술을 지향하면서, 통제가 가능한 적정 규모의 생산과 소비가 이루어지는 경제 시스템에서 우리가 자유롭게 행복할 수 있다는 내용이 담긴 글을 반세기 전에 썼으니 지금 다시 봐도 예언적인 통찰력이 돋보여요.

거대 자본에 소속되어 성취감과 함께 추락할 때의 무력했던 굴욕을 겪어본 적이 있어요. 그래서인지 지금은 《작은 것이 아름답다》는 류의 생각에 마음이 더 가 있나 봐요. 가치가 경제 시스템에서 살아남아 지속 가능한 방식이란 결국 각자가 담당해야 하는 몫이겠지요. 그럼에도 가치가 중요한 공간이 많이 생겨나기를 바라는 마음인 거는 이율배반이군요.

다시 제주를 내 삶의 주된 무대로 삼아서 시골책방 시즌 2를 열기로 했을 때 시골책방을 처음 열 때의 내 마음을 돌아봤어요. 마음을 흔드는 글을 만나는 순간에 그 글이 담긴 책이 내 것이 되는 대체 불가능한 정서를 가져보기도 하고, 내가 통제할 수 있는 작은 공간에서 인간의 얼굴로 자유롭게 행복하자는 게 그 마음의 중심에 있었던 것 같아요.

그러니 시골책방 시즌 2는 날씨가 좋다거나 가고 싶은 예술 문화 행사 등을 핑계로 아무런 망설임 없이 문을 닫는 일은 더 잦을 것이고, 책방지기 취향의 책만 꽂혀 있으며, 서너 사람만 들어와도 꽉 차는 좁은 공간이 될 거예요. 이렇듯

불친절 3종 세트를 완벽하게 갖추고 있으니 극소수의 이상한 사람들만 찾아올 거는 너무나 분명해요. 그래서 시골책방 시즌 2가 가야 할 길은 책을 파는 것보다 책을 매개로 만나게 되는 명랑 다크한 사람들과 작당하여 신나는 일을 꾸미고 실행에 옮기는 과정에서 내가 먼저 행복해하는 거다 싶어요.

그런데 그거 아세요. 경제니 책이니 인문이니 가치니 하면서 고상한 단어들을 주로 나열했지만, 결국은 작은 섬이 그리워서 돌아오려 했던 마음이라는 거 말이에요. 작은, 아니 어쩌면 큰 내 마음 말이에요.

시골책방에 오시면요

시골책방이 있는 작은 집 두 곳의 사진이에요. 오른쪽 지붕 낮은 집이 시골책방 시즌 1의 공간이었지만 지금은 딱 한 팀만 받는 렌탈하우스예요. 지붕이 높은 왼쪽 집 1층은 커리전문점이고, 2층이 시골책방 시즌 2의 공간이에요. 렌탈하우스와 카레전문점은 지인들이 운영하고 있어요.

시골책방 시즌 2의 공간에서 내가 가장 좋아하는 시간은 볕이 따뜻한 날에 남으로 향한 창의 블라인드를 올리거나 베란다에 책 읽기 좋은 각도로 접은 접이식 간이침대에 누워 커피를 마시고 음악을 들으면서 시골책방 서가에 있거나 작은 책방 투어 때 샀거나 도서관에서 빌린 책을 읽을 때예요. 책과 함께하는 시간이란 자신의 취향과 서사가 무르익는 시간이기도 하니까요.

시골책방에 오시면 프라이팬에 미리 볶아놓은 커피를 즉석에서 갈아서 정성껏 내려 드리고, 내가 습작했던 시와

1부 시가 있는 글로 책방

동화를 모아놓은 책도 원하시면 드려요. 서로 시간이 맞으면 동네 골목 투어 가이드도 해드리지요. 모두 공짜지만 함성은 있군요. 마음의 양식이 중요한 책방지기인 척 하지만, 사실은 몸의 양식을 더 중요하게 여기는 책방지기이기에 무엇이든 먹거리를 양손에 무겁게 들고 오시는 분을 더 열렬히 환영한다는 거는 안 비밀이에요.

그런데 더 큰 함정이 있군요. 제주의 자연이나 인문 속을 걸어가기를 좋아하고 얕고 넓게 B급 문화를 즐기려는 문화빨대인 책방지기가 책방을 지키고 있을 때가 거의 없다는 거예요. 그러니 약속으로 오시거나, 지나는 길에 창에 블라인드가 올려져 있거나, 베란다에 간이침대가 놓여 있을 때만 놀러오세요.

실은 파는 책이 딱 한 권인 한 달에 한 번만 문을 여는 책방에 대해서 생각중이에요. 그래야 가끔 책을 팔기도 하는 진짜 책방이 되는 거니까요. 아마도 매월 몇 째 주 무슨 요일 몇 시부터 몇 시까지만 여는 방식이 되겠지요. 예를 들어 제주에서 문화 이벤트가 가장 적게 열리고 개인적인 약속이 없는 요일이 월요일이니 매월 세(삼) 번째 (월)요일 오후 3(삼)시부터 8(팔)시까지 책방이 열리는 거지요. 정말 그렇게 된다면 시골책방이 열리는 시간을 '삼월이는 삼팔따라지'

라고 기억해두면 쉬우니까요. 이 책이 그 딱 한 권만 파는 첫 번째 책이 되어 생각을 실행에 옮기는 첫걸음이 될지도 모르지요.

여하튼 순리대로 흐르다가 강 하류에 쌓여 햇빛에 반짝이고 있는 순한 모래처럼 서로 편한 마음들이 차곡차곡 우연하게 모이다 보면 느슨한 연대나 무형의 관계 커뮤니티를 지향하는 책 모임이나 문화 기획 모임도 해볼 수 있겠지요. 필연이 우연으로 이루어지면 더 좋아서요. 우연이 필연으로 햇빛이 따듯하다면 그냥 좋아서요.

2부
중년 청춘으로 살아가기

가락부부가 사는 방식

숟가락과 젓가락이 합방하여
가락부부라고 호적에 올랐습니다
숟가락이 A컵 부인이고
젓가락이 말라깽이 남편입니다

가락부부는
남녀노소 가리지 않고
어디든지 달려갑니다
종합병원 6인실 머리 빡빡 깎은 소녀의 플라스틱 식판으로
폐지 팔아 긴 하루들 살아내는 할아버지의 홑 반찬 독상으로
무조건 달려가는
그 사랑의 방식으로

가락부부는
빈부귀천 가리지 않고
일용할 양식을 바칩니다
CCTV 설치된 담장 안 대한민국 0.1% 의 수입산 식탁에서
일당 공친 노가다의 빗물 들이치는 콘테이너 바닥에서
아래에서 위로 향하는
그 섬김의 방식으로

타이어의 첫사랑과 고백

글쓰기의 시작은 동화였어요. 제주의 지역 대표 도서관인 한라도서관에서 일반인들에게 동화 쓰기를 가르쳐준다는 공고를 보고 신청한 거였지요. 선생님은 나처럼 육지에서 제주로 이주해온 장수명 동화 작가였어요. 동화를 쓰고 싶은 사람들 스무여 명쯤이 모였는데 대부분 여성이더군요.

제주에서 독서 모임도 하고 인문학 공부도 하다 보니 마음속에 떠오르는 이런저런 생각들을 글로 표현하고 싶은데 방법을 모르던 차에 동화 쓰기 프로그램에 참여한 거예요. 그러니까 동화를 쓰고 싶었던 것이 아니라 동화의 형식을 빌려서 글을 쓰고 싶었던 거지요.

플롯, 기승전결, 동화적인 메시지를 전하는 인물의 설정 등 동화 쓰기의 기본적인 형식을 배워 가고 있을 무렵이었어요. 한라도서관측에서 발간 비용을 부담할 테니 문집을 발간해 보라는 거예요. 공동 문집이기는 하지만 저자 이름에 내 이름이 나오는 문집이 난생 처음 세상에 나온다고 하니 의욕이 넘쳐나서 모두들 한 편 쓸 때 나는 두 편을 썼어요.

〈타이어의 첫사랑〉은 비 오는 날 공원의 내리막길에서 바닥에 깔린 폐타이어 덕분에 미끄러지지 않았던 일이 기억나서 쓴 거예요. 짝사랑하는 소년이 좋아한다는 인애라는 소녀의 이름을 따라서 타인애라고 자신의 이름을 고쳤던 자동차 타이어는 폐타이어가 되어 공원 바닥에 깔리면서 삶에 낙담하게 되요. 그러던 어느 날 소년과 꼭 닮은 소년의 아들이 빗길에 미끄러지지 않도록 도와준 후 타이어는 삶의 활력을 되찾는다는 이야기예요.

〈고백〉은 텃밭에 유실수 묘목을 심고 키웠던 체험에서 나온 거예요. 텃밭에 키우는 나무들 중에서 탈없이 잘 자라는 묘목들만 편애했던 주인공은 특수학교가 아닌 일반학교에 보낸 아들이 발달장애로 인해 따돌림을 받는다는 것을 우연히 알고 난 후 자신이 차별했던 묘목들에게 사과하게 되지요. 그리고 그날 밤 서로 다르다는 이유로 편을 나누어 싸웠던 묘목들도 자신들의 잘못을 고백한다는 이야기예요.

함께 동화 쓰기 공부를 하면서도 나오는 거의 대화가 없어서 서먹서먹했던 사람들이 "마침내 참나무 할아버지가 이름을 불러주는 마지막 장면이 감동적이에요."라든가 "서로의 다름을 인정하자는 고백의 글이 따뜻해서 위로가 되요." 라는 등 격하게 반응해주니까 기분이 묘해지더군요. 장수명 선생님은 진지하게 "김 선생님은 글쓰기에 소질이 있으니까 꼭 글을 계속 써보세요."라고 격려해주었지요.

그래요. 그 칭찬과 격려 덕분에 용기를 낸 거예요. 그후 시를 쓰기 위해 한라산문학동인회를 스스로 찾아가고, 블로그에 시골책방이라는 이름으로 내 마음에 와서 닿았던 책 속의 글과 시를 올리고, 시골 삼거리 골목에 작은 집을 지어 시가 있는 골목 책방을 열고, 페이스북에 신변잡기를 쓰기 시작한 거 모두가 말이에요. 글쓰기와 전혀 상관없이 살아왔던 중년 남자는 마치 한 편의 동화에 나오는 이야기처럼 그렇게 글쓰기를 시작하게 된 거예요.

원 산책로나 내가 가...
게 되었어요. 나는 추억거린...
들을 즐겁게 해주었어요.
추운 겨울을 이겨 내고 ... 지금 이야기해주고 있는 제비들에게 이야기한
것으로 가득 차 있는 지금 이야기해주고 있는 참나무 할아버지가 말을 건넸어요.
보내면서 이 모습을 지켜보던 아이들에게 재미있는 동화를 들려주는 인자
"애야, 지금 내 모습은 아이들이 정말 너무너무 보기 좋구나."
너의 진짜 이름을 닮아가고 있는 모습을 완전히 잊어버린 것은 아니겠니
아니, 할아버지가 내 진짜 이름을 물어보았어요.
"사람들은 왜 아기를 낳으면 자기 이름이 아닌 누구 엄마나
이 나온 김에 늘 궁금했던 것을 물어보았어요. 경우 엄마가 영혼이
리는 것이죠? 자기 이름으로 불리지 않으니까요?"
더 인애인지 아닌지를 알 수가 없잖아요."
...를 곰곰이 생각을 하고난 후 할아버지가 나지막
...는 그다지 중요하지...
...이루어...

...나무에게...
"내허물을 두서없이 ... 들어 ..."
들이 나를 두서없이 읽지는 않았으니 고통들입니다.
이 말을 들은 참나무가 나에게서 멀어져 ...
"주인님의 관심이 나에게서 멀어져 흩뜨려서나무가
"주인님의 관심이 ... 않으려고 흩뜨려서나무가...
왕따 시켰던 거야."
"사실은 내가 왕따 당하지 않으려고 나무들도
대추나무의 울먹거림을 들은 다른 나무들도
"나도 마찬가지였어. 내 탓이었어."
그러면서 자신들의 가슴을 치기 시작했습니다.
밤이 깊어가고 고백도 깊어가는 동안 전전히 환
습니다. 그리고 어느 순간부터 정원의 나무들은
...죽은 소년의 고백을 기다려 왔어...

나는야 막가파

막가파 발족식을 시골책방에서 가졌어요. 조천리 해안 마을에 사는 동네 사람들이 모여서 제주에 겨울이 왔는데 안 먹으면 섭섭한 방어회를 안주로 해서 가졌던 술판에서 나왔던 이야기가 마침내 실행에 옮겨졌던 거예요. 매월 마지막 화요일에 모이기로 해서 막화파인데 외우기도 좋고 부르기도 좋게 막가파라고 동네 모임의 이름을 정했어요. 큰 모임에 가면 때로는 '정치' 비슷한 게 보이기도 해서 마땅치 않고, 혼자만의 시간이 너무 길어지는 것도 나와 안 맞아요. 그러니 서로의 느낌이나 생각들이 편하게 전달되는 이런 사심 없는 작은 모임이 나에게는 안성맞춤이지요.

그러니까 동네 사람들끼리 일단 모이면 재미있지 싶어서 만든 거지요. 동네 모임이니 추리닝 차림에 슬리퍼 끌고 골목길을 걸어오면 되니 편하고, 필이 충만해져서 술을 오버해 마셔서 막가도 귀가 걱정을 안 해도 되니 좋아요. 내가 앞으로 살아갈 제주하고도 조천리라는 마을에 정이 들어가기를 바라는 마음이란 태어나서 10대 후반까지 살았던 부산 서대신동 골목의 흔적이 거의 사라졌음에 느꼈던 쓸쓸함 때문이겠지요.

동네 모임이 생기니 동네살이가 한층 재미있어졌어요. 작년 가을에는 막가파 사람들이 모두 참여해서 조천리 동네 사진전도 했지요. 올해는 공동으로 장비와 재료를 구입하여 수제 맥주를 직접 제조해서 마시려는 궁리를 하고 있어요. 그리하여 막가파의 산하 지부인 조천브루어리를 만들었어요. 막가파 사람들이 생업으로 하는 일이 게스트하우스, 공방, 목수 등이라 공간이나 장비는 다 갖추고 있으니 마음만 먹으면 바비큐 정도야 일도 아니에요. 조만간 수제 맥주에 바비큐를 안주로 야외 파티를 벌이기도 하는 날로 발전해가는 막가파를 그려보고 있지요.

동물원이 부른 〈혜화동〉은 멀리 떠날 친구와 함께 어릴 적 놀던 동네를 찾아가서는 우리가 얼마나 많은 것을 잊고 살아가는지를 쓸쓸해하는 노래예요. 그들이 부른 다른 노래인 〈시청 앞 지하철역에서〉는 언젠가 만나면 빛나는 열매를 보여주려 했던 사람을 지하철역에서 우연히 만나서 지루했던 날씨 이야기나 하고 있는 쓸쓸한 노래구요.

그런 쓸쓸함이 지나는 중이거나 지나고 나면 인생이 더 넓어지고 깊어질지도 모르지요. 뉴욕시의 맨해튼과 브루클린을 잇는 브루클린 브릿지 아래에서의 인상적인 미장센 영화 〈원스 어폰 어 타임 인 아메리카(Once Upon a Time in America)〉의 마지막 장면에서 막가파 갱스터였던 로버트 드니로가 대하소설 같았던 자신의 인생에게 보내던 그 편안해 보였던 미소처럼 말이에요.

오마주를 바치다

녹내장 정기 검진과 주치의 면담 때문에 정기적으로 서울에 다녀와요. 녹내장 진단을 받았던 직후에는 관리를 잘 못하다 보니 한창 나이에 실명할 수도 있다고 주치의 선생님이 화를 많이 냈었지요. 그후 제주에 오면서부터 관리가 아주 잘되고 있어 주치의 선생님은 "90세까지 사시면 되지요. 김 선생님이 이렇게 관리를 잘해주신다면 그때까지는 실명하지 않을 거라고 제가 장담해요."라면서 모범 환자라고 나를 늘 칭찬해요. 시신경 손상으로 시야가 점점 좁아지는 속도가 아주 천천히 진행되고 있다는 의학적인 견해대로 된다면 그때까지 버텨줄 내 눈에게 감사해야 할 일이지요.

정기 검진을 마치고 제주에 왔더니 동네 모임인 막가파에서 조천리 동네 사진전을 해보자고 했어요. 무슨 거창한 문화 기획을 하는 것은 아니고 그냥 동네 사람끼리 동네 사진을 찍어서 전시도 하면서 재미있게 놀자는 거니, 하지

2부 중년, 청춘으로 살아가기

말자고 할 이유가 없지요. 동네 골목길에 있는 사진 전문 갤러리인 각인 갤러리의 주인장인 윤슬 작가가 일단 총대를 메겠다고 했어요. 인맥 넓은 분들이 다른 사진 작가들과 이장님을 비롯한 동네 삼촌들이 보관하고 있는 동네의 옛 사진을 모아보겠다고 했지요. 미술을 전공하신 인영 님은 옛날 솜씨를 살려서 전시 포스터나 동네 약도 등을 크로키로 그려주시겠다고 했어요.

나 빼고는 막가파 사람들이 다 거의 아마추어 사진 작가 수준인지라 나는 뭐 하면 되느냐고 물었어요. 시나리오를 쓰는 강경필 작가는 "수홍 쌤이 당연히 전시 노트 써주셔야지요."라고 말했어요. 마음속으로 '경로 우대 해주는구나.' 하면서도 뭐라도 해야지 싶어서 내색하지 않고 고개를 끄덕거렸어요. 그리하여 현직 시나리오 작가가 아닌 무명의 끝내습작시인인 내가 전시 노트를 쓰게 되었지요. 경로 우대만 받으면 안 되겠다 싶기도 해서 "내가 머리는 좀 딸려도 몸으로는 아직 때울 수는 있어요."라고 말하면서 원하는 분들이 있으면 사진 속 동네 풍경이 담긴 길을 안내하겠다고 했어요.

동네 삼촌들의 오래된 앨범이나 누런 대봉투 속에 들어 있던 빛바랜 사진에서 내가 살아갈 동네의 옛 풍경을 본다면 무언가를 돌아보게 되는 마음일 거 같아요. 그러니까 늙은 나무와 함께 굽어져 있는 골목길이나, 벽화와 함께 없어질 철거 날짜가 잡힌 언덕길이나, 시야가 점점 좁아지는 눈길 등을 돌아보는 마음이겠지요. 묵묵하게 주어진 일을 하다가 낡아지고 사라지고 그러다가 마치 이 세상에 존재하지도 않았던 것처럼 되기도 하는 모든 평범한 것들에게 바치는 오마주 같은 거 말이에요.

지역 사회에서 존경받는 원로이신 김석윤 건축가가 진행하는 제주 돌집 건축 기행에 갔던 적이 있어요. 누군가가 돌이 우리에게 주는 교훈을 물어보자, 건축가는 "나대지 않는 묵묵한 기다림이지요."라고 답하더군요. 아직 나는 한참 멀었어요.

2부 어느 청춘으로 살아가기

명랑 다크하기

"우리 동네나 골목길이나 사진첩에서 무엇을 떠올리세요? 소소하고 아름다운 우리 동네인 조천리 마을 풍경 사진전을 열어요. 눈 쌓인 장독대 너머 바다이거나 노는 아이들의 실루엣이거나 돌담 안 빨래 등의 풍경에서 저 골목길을 돌아가면 귀에 익은 동네 사람의 목소리가 들리는 듯해요. 동네에서 일을 하고 밥을 지어 먹고 편한 차림으로 지척 간인 서로의 거처를 오가던 동네 사람들의 사진첩을 모았어요. 그야말로 동네 사진전이에요."

살아가는 동네이면서도 그동안 보지 못했던 동네 풍경을 동네에 사는 다른 사람들의 앵글을 빌려서 보게 해주어 참 좋았던 동네 사진전의 전시 노트로 써본 글이에요. 전시회 전날에는 이번 전시를 준비했던 동네 모임인 막가파 사람들이 모두 모여 학창시절 학예회 준비하듯 명랑한 마음으로 전시 배치를 했어요.

전시장을 찾아와 방명록에 흔적을 남겨준 낯선 사람들도 꽤 있었고, 조천리라는 시골 동네까지 지인들도 많이 찾아와 준 덕분에 전시회를 잘 끝냈어요. 메인 전시장이었던 각인 갤러리와 골목길을 마주보고 있는 보조 전시장이었던 노리공방을 배경 삼아 지인들과 무표정을 콘셉트로 하는 사진을 찍기도 했어요. 사진전이 끝난 후에는 막가파 사람들이 모두 모여 사진전이 열렸던 골목길에서 바야흐로 제1회 동네 사진전을 기념하는 사진을 남겼어요.

내가 볶아서 내려준 어설픈 에티오피아 예가체프와 인도네시아 만델링을 막가파 사람들과 찾아와 준 지인들이 그리 타박하지 않고 마셔 주어 다행이었어요. 이장님도 함께한 조천 포구에서 가진 쫑파티는 그해 맛본 첫 방어회와 지인이 가져온 그해 대상을 받았다는 양조장에서 빚은 한산 소곡주와 끝내주는 맛의 매운탕으로 풍성했어요.

첫 동네 사진전을 지켜봤던 이장님은 마음이 좋으셨는지 내년에는 동네에 새로 지어질 예정인 마을교류센터에서 동네 사진전을 해보자고 하셨어요. 이렇듯이 재미로 시작한 동네 사진전이었지만 해를 거듭하다 보면 더 알찬 전시가 될 가능성이 여기저기에서 보였어요. 이렇게 조금씩 조천리 동네 사람이 되어가고 있어요. 이런저런 행운도 따라주고 여건이 만들어지면서 제주에서 살기를 선택했을 때 바랐던 단순 명랑을 지향하는 삶의 모습에 조금씩 다가가고 있어 좋아요.

카카오 함유량이 많은 다크 초콜릿을 좋아하지만, 다크한 맛은 초콜릿의 달콤한 맛을 더 돋보이게 하는 정도까지면 좋겠어요. 〈해리가 샐리를 만났을 때〉라든가 〈노팅힐〉 같은 로맨틱 코미디가 영화 취향인 나는 다크가 약간 들어간 단순 명랑, 그러니까 명랑 다크하게 살아가고픈 사람이니까요.

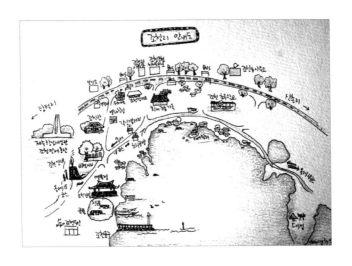

인생 순대

제주에서 장례식이나 결혼식에 가면 꼭 나오는 음식이 '반'이에요. 순대와 돼지고기 수육과 두부를 한 접시에 담아서 내지요. 이렇게 순대가 손님 접대용 음식이기도 한 제주에서 내 입맛에 잘 맞는 순대를 파는 식당은 세 곳이에요. 간판은 분식집이면서도 순대만 파는 ㅂ과 가시리에 있는 ㄱ과 제주시 오일장의 ㅋ이지요. 모두 순대란 이런 곳에서 먹어줘야 제맛이 나올 법한 허름한 공간들인데다, 지극히 주관적인 내 입맛을 기준으로 한 거니 무시하셔도 돼요.

내가 형과 누나들이 나들이 갈 때 따라다니면서 먹었던 거리 음식에 입맛을 길들여 왔듯이, 어릴 때부터 골목길이나 시장 근처에 있는 겉모습은 볼품없으나 맛과 양은 훌륭한 밥집들을 많이 데리고 다녀서인지 지금 20대인 두 아들 녀석의 입맛도 영 아재 입맛이더군요. 그래서인지 아들 녀석이 내게 붙여준 별명이 골목대장 수홍이에요. 서로의 몸

짓에서 서로의 깊이를 느끼는 아버지와 아들 간이란 구부러지는 삶의 골목길에 다다르면 대장과 졸병의 위치를 바꿔도 기분 좋은 사이더군요.

부산에서 중학교를 다닐 때 수학여행을 서울로 왔어요. 서울 신촌에서 신혼생활을 했던 둘째 누나가 동생을 하룻밤 나가서 재우겠다고 담임 선생님의 허락을 받았지요. 그날 신촌재래시장에서 누나가 "이집 순대 끝내준다."면서 사준 순대는 그전에 먹었던 당면순대와는 완전 차원이 다른 맛이 었어요. 그래서 나는 내 인생 순대로 언젠가 전주 남부시장에서 먹었던 피순대와 더불어 그날 서울 신촌에서 먹었던 순대를 꼽아요.

굵직한 목소리로 부산 사투리를 쓰는 진짜 골목대장처럼 생긴 뮤지션인 김일두의 공연이 있던 날에 순대 번개를 했던 적이 있어요. 주인장이 소파에 앉아 고추잡채를 먹다가 이름을 지었다는 중국집 아닌 음악 주점에서의 공연이 밤 9시에 시작하는데 내 일정은 근처에서 4시쯤에 끝나기 때문에 비는 시간을 채워줄 이벤트가 필요했거든요. 마침 음악 주점 길 건너편이 순대 식당들이 밀집해 있는 순대의 종합선물세트 같은 보성시장이었어요.

보성시장에서 가장 유명한 순대 식당은 허영만 화백의

만화 《식객》에서 소개되었던 ㄱ이지만, 내가 더 자주 가는 ㄱ은 단돈 6천 원만 내기가 미안할 정도로 순대와 내장의 질과 양이 모두 풍성한 ㅌ이나 ㅎ이에요. 참가비 일만 원에는 순대내장모듬과 무한 리필되는 서비스 순댓국물과 막걸리와 식후 입가심으로 근처 마트에서 본인 입맛대로 골라 먹는 아이스크림이 포함된 순대 번개였어요. 이런 먹거리와 문화 이벤트가 함께 있는 번개 참 좋아 보인다구요. 골목대장 수홍이와 함께해야 함을 염두에 두셔도 그 마음이 변하지 않으면 좋겠어요.

Drummer vs Dreamer

　다국적 각설이 밴드라고 하면 좀 궁상맞고 없어 보이기는 해도 무언가 이색적일 거 같지 않은가요. 제주시 원도심에 있는 문화 공간 카페 쿰자싸롱의 대표인 윤성재 님이 기획한 왓수다 축제는 마을을 찾아온 신들에게 마을의 무사안녕과 액운의 소멸과 풍성한 복을 기원하는 축제예요. 여러 행사 중에서 나는 건축 재료 등을 담아두었던 바께쓰 같은 재활용품을 재료 삼아 드럼을 직접 만들고 연주를 배워서 거리 공연까지 하는 프로그램에 참여했어요.

　제주에서 활동하는 외국인 밴드에서 현재 드러머를 하고 있는 영어교사가 강사이자 리더였어요. 우리들이 재미있게 노는 것(Make fun & Play)이 제일 중요하다면서 각자가 가진 그루브를 끌어내려는 강의 방식이 좋더군요. 강사가 외국인이어서인지 미국, 호주, 페루 등 다양한 나라에서 온 외국인들이 참여하게 되면서 재활용품으로 만든 드럼을 연주하는 다국적 각설이 밴드가 만들어졌던 거지요.

정교한 기교가 필수적인 관악기나 현악기와는 달리 타악기는 두드리고 치는 무언가 원시적인 동작에서 자유로움이 느껴져서 좋아요. 손끝 한 번의 클릭으로 세상 혹은 사람과의 소통이나 단절이 모두 가능한 첨단 디지털 시대에 살고 있어서인지 스틱과 드럼에 전해지는 내 손끝의 리듬만을 믿고 나를 몰입시키는 단순한 솔직함이 그리운 거겠지요.

제주시 원도심의 문화 예술 공간인 이아 앞마당에서 열린 행사일에는 멋진 뮤지션들이 초대되었더군요. 서울에서 온 강선아 재즈 밴드는 귀에 익숙한 곡들을 재즈 스타일로 불러주어 가을을 서둘러 느끼게 했어요. 수리수리마하수리의 리더였던 모로코 출신인 오마르, 이집트에서 온 실력파 드러머인 와엘, 포크 & 레게 뮤지션인 태히언, 윈디시티의 기타리스트였던 오진우까지 문제적 남자 4인으로 구성된 제주 밴드인 동방전력(Eastern Power)이 록과 블루스와 북아프리카 음악인 레이를 멋지게 연주했어요.

그래도 왓수다 축제의 하이라이트는 밤에 더욱 빛나는 야광 가면 팀과 멋지게 재탄생한 재활용 드럼을 가지고 연주하는 우리 다국적 각설이 밴드가 콜라보로 진행하는 거리 공연과 퍼레이드였어요. 제주에 살면서 합창, 시화전, 문집

발간, 전시 등 여러 예술 문화 행사에 직접 참여해봤지만 재활용품으로 드럼을 만들어 버스킹까지 했던 것은 정말 이색적인 경험이었어요. 비록 소소한 것일지라도 내가 하고픈 것을 하게 해주는 제주의 일상에 감사해요. 멀리에만 있는 것은 꿈이 아니고, 그냥 꿈의 얼굴을 한 몽상이겠지요. 드럼을 치는 사람은 수단인 거고, 그런 삶을 꿈꾸는 사람이고 싶은 거예요(I just wanna be not drummer but dreamer.). 가까이에 있는 일상에서 말이에요.

시절 인연

인연이란 억지로 맺으려 한다고 이루어지는 게 아니고 어떤 상황이 맞아떨어지면 저절로 이루어지는 건가 봐요.

제주도에 태풍이 오고 있다고 방송에서 떠들고 있을 때였어요. 서귀포에 있는 자기 집에서 태풍 전야를 함께 보내자는 빈집 공유 프로젝트나 마을기업 카페 같은 공동체 협동 사업에 관심이 많은 서영석 님의 번개를 보고는 혼자서 태풍을 맞이하는 것보다는 재미있겠다 싶어서 집단속을 단단히 한 후 서귀포로 향했어요. 그리하여 제주에 태풍이 올 때면 TV 화면에 가장 자주 등장하는 포구인 법환 포구에서 점점 거칠어지고 있는 파도를 두 눈으로 지켜봤어요.

얼마 후 대안학교 선생님이면서 격투기 대회에서 40대 파이터를 꿈꾸는 이재훈 님이 과일을 들고 나타났어요. 내가 들고 간 족발과 순대와 막걸리 그리고 주인장이 준비한 맥주와 모양은 엉성했지만 재료를 풍성하게 넣어서 맛은 괜

찾았던 해물파전 등을 먹으면서 세 남자는 태풍의 시간을 함께 보냈어요.

다음날 태풍이 제주를 지나고 난 후에 영석 님이 엉또폭포를 보러 가자고 했어요. 엉또폭포는 평소에는 난대림이 울창한 마른 계곡이다가 한라산에 폭우가 내리면 물줄기가 모아져서 잠시 폭포의 위용을 보여주기에 일 년에 단 몇 번만 폭포로 짧게 변신하는 귀하신 분이에요. 제주살이 초반에 엉또폭포 이야기를 듣고는 궁금해서 제법 큰비가 내리면 제주시에서 한라산을 넘어서 서귀포에 온 적이 두 번 있었어요. 그때마다 강수량이 모자랐던 건지 아니면 시간이 지나 물줄기가 다 흘러내렸던 건지 모르지만 마른 계곡만 보았지요. 인연이 아닌 거지 싶어 엉또폭포의 존재를 까맣게 잊고 있었는데, 뜻밖에 그날 역대급 엉또폭포를 만났던 거예요.

엉또폭포 일대는 고려에서 공녀로 원나라로 끌려갔다가 원나라 황제인 순제의 눈에 들어 황후가 된 기황후가 따뜻했던 지금의 서귀포 하원동에 피난궁을 지으려고 가져온 원나라 황실의 보물이 숨겨져 있다는, 무슨 전설 따라 삼천리 같은 이야기가 전해져 오는 곳이에요. 물론 보물이 발견된 적이 없으니 기황후의 흔적을 이곳에서는 전혀 찾아볼 수 없어요. 서귀포에서 한라산을 넘어가면 나오는 삼양동 원당

봉에는 그녀가 기도를 올리기 위해서 만들었다는 우리 나라에서 유일한 현무암 석탑이 남아 있어요. 그녀가 제주와 맺은 인연의 흔적은 다른 곳에 있는 셈이지요.

시나간 인연에 연연하지 않겠다는 나의 부심함이란 새로운 인연을 얼마든지 맺을 수 있을 거라는 젊은 날의 치기였겠지요. 잊어버리고 일상을 살아가다가 어느 날 태풍처럼 느닷없이 만나게 되는 시절 인연이란 엉또폭포와의 만남처럼 쉽지 않겠지요. 보물 찾기처럼 만나는 시절 인연에게 이제는 오랜 벗의 다정한 구석이고 싶어지는군요. 나이가 들었나 봐요.

화성인이 지구에서 살아남는 방식

제주에 와서 예술 문화와 관련하여 처음으로 가입한 모임은 한라독서회라는 책읽기 모임이에요. 한 달에 두 번씩 모여 미리 선정하여 읽어온 책에 대해서 서로의 의견을 나누는 모임이었지요. 한라도서관이 지원해주는 '길 위의 인문학' 행사에도 참여하고, 한라도서관에서 진행하는 문화 프로그램에서 자원봉사도 했지요. 읽어온 책에 대한 타인의 의견을 들으면서 자칫 독선적으로 흐를 수도 있는 내 생각에 균형을 잡아주어 좋더군요.

두 번째 가입한 예술 문화 관련 모임은 제라한싱어즈라는 합창단이었어요. 덕분에 제주아트센터, 제주문예회관대극장, 제주대 아라뮤즈홀 등 제주의 대표적인 무대에서 공연을 해봤지요. 노래와 춤을 함께한다는 뜻이 담긴 또 다른 합창 모임이었던 Paran Dansingers의 멤버로는 서귀포관광극장에서 열렸던 즉흥 춤 축제에서 깜짝 퍼포먼스도 했지요. 자기 소리를 낮추어 전체와 하모니를 이룰 때 비로소 아름다운 합창이 완성됨을 그렇게 배웠어요.

예술 문화 행사나 모임에 가보면 대개 그렇듯이 독서 모임과 합창단에도 여성이 남성보다 많았어요. 아들을 우선하는 가풍에서 자랐고, 여학생이 전체 학생수의 1%였던 경제학과를 다녔고, 남성 중심의 환경에서만 비즈니스를 했던 나로서는 생소했던 분위기였던 거지요. 결과가 중요한 남성적인 사고와 과정을 즐기는 여성적인 사고 사이에서 시행착오의 연속이었지만, 그래도 다행히 크게 미움은 받지 않고 나름 적응해 갔나 봐요. 제주에서만큼은 자유로운 영혼이고 싶은 나로서는 정말 맡고 싶지 않았던 회장을 한라독서회에서 했었군요. 제라한싱어즈에서도 단장할 뻔 했지만, 한라산 문학동인회의 합평 요일이 연습 요일과 겹쳐 합창단을 그만두게 되어 면했어요.

화성인 남자와 금성인 여자라는 말을 들어보셨지요. 화성인과 금성인의 차이만큼이나 화성인 남자와 금성인 여자는 다르다는 거겠지요. 그러니 당신이 나와 같은 중년 남자이고 여성 위주의 문화 예술 모임이나 행사에 관심이 많다면, 여성이 생각하고 말하고 행동하고 느끼는 방식을 이해해보려는 노력이 필요하지 싶어요. 내가 페미니스트라든지 여성 심리에 밝아서 하는 이야기는 전혀 아니에요. 남성 우위의 성향이 상대적으로 강한 지역인 경상도와 제주도의 정서를 모두 가지고 있기에 내 안의 마초는 여전할 거예요. 다만 내가 겪었던 시행착오의 경험을 되풀이하지 말고 우리 중년 남자들도 지구에서 살아남아 즐겁게 살아가자는 이야기를 하고 싶은 거지요. 어차피 화성인이든 금성인이든 우리는 생각의 균형을 잡고 하모니를 이루면서 이 지구별에서 아름답게 살아가고픈 존재들이니까요.

B양을 보러 왔다가

숨과 숨이 마주치는 순간을 파도라 하자
너에게로 달려가면 나에게로 도착하는 곳
우리는 지도에 나오지 않는 섬처럼
서로 바라보아야만 말을 들을 수 있고
서로의 연두가 보이고
서로 몸을 만져보고 싶어 하고
서로 울음을 안아 저녁을 만들고
돌아갈 방향을 잃으면 가슴에 민들레는 피고
바람과 동음으로 노래를 부르면 별은 반짝이고

허유미 시인은 그녀의 시 〈비양도〉에서 섬 속의 섬인 비양도를 가리켜 너에게로 달려가면 나에게로 도착하는 곳이라고 했군요. 어느 늦여름이었어요. 신제주에서 붕어빵을 팔고 있고, 내 생각으로는 제주에 사는 시인들 중에서 가장 미남인 김세홍 시인이 비양도에 있는 민박집을 예약해놨으니 여럿이 모여서 놀자 해서 하룻밤을 《어린 왕자》에 나오는 코끼리를 삼킨 보아뱀과 비슷하게 생긴 비양도에서 보냈어요.

그날 낮에 비양도에 있는 작은 도서관에서 열렸던 행사 중의 하나가 허유미 시인과 현택훈 시인이 동인으로 있는 라음의 시화전이었어요. 시화전을 둘러보다가 허유미 시인이 쓴 앞의 시가 마음에 남아서 담아온 거지요. 마침 라음 동인들의 합평 모임이 특별히 이날에는 제주 시내에서가 아니라 비양도 포구에 있는 정자에서 열렸어요. 라음의 회장인 현택훈 시인의 배려 덕분에 나는 정자의 끄트머리 자리에 앉아서 합평을 참관하는 영광을 누렸지요.

저녁에는 각자가 좋아하는 음악을 모두에게 들려준 후 다수결로 한 사람을 뽑아서 이날 밤의 DJ로 정하는 게임을 했어요. 시골책방 서가에도 소장되어 있는 책인 《기억에서 들리는 소리는 녹슬지 않는다》에서 자신이 좋아하는 음악 이야기를 들려준 현택훈 시인이 당첨되어 현 시인의 취향인 인디 음악을 실컷 감상했어요. 때마침 신태희 시인의 두 번째 시집인 《나무에게 빚지다》가 막 나온 참이라 함께 그녀의 시를 낭송하기도 하면서 시시(詩詩)하게 비양도에서 놀

앉어요.

 잠깐 잠을 청한 후 아침에 일찍 깨어나 혼자서 비양도를 한 바퀴 돌아보고는 비양도의 정상인 비양봉에 올라갔이요. 징싱에서 앞바다를 바라보니 구름이 낮게 깔린 제주 본섬을 향해 밤새 노동을 끝낸 한치잡이 배가 흐린 시처럼 홀로 귀항 중이더군요. 마음에 두었던 B양(비양)을 보러 왔다가 C양(詩양)을 만나 버렸던 섬 속의 섬에서 나는 또 너에게로 갔다가 나에게로 와 버렸군요.

부러우면 지는 거예요

그 가을날의 하루는 가투어로 인해 빛났어요. 경상남도 진주 출신으로 지금은 제주에서 씩씩하게 살아가는 이가령 님이 자신 이름의 첫 자를 따서 가투어를 만들어서는 마음 맞는 사람들을 불러 모아 자신의 차를 손수 운전해가면서 가을이 한창 물에 올라 있던 제주를 하루 종일 돌아다녔던 날이었지요.

초청받은 사람들은 제주에서 열리는 각종 문화 예술 행사에 가면 자주 볼 수 있는 무용가인 박연술 님, 영문학 전공자였지만 뒤늦게 미대에 편입하여 화가의 길을 걷는 장수영 님, 남방돌고래를 볼 수 있는 난산리 해안 도로에서 카페 제이 아일랜드를 운영하는 서지은 님, 그리고 나예요. 제주의 예술 문화계와 SNS 세계에서는 유명한 4인의 미녀들과 너무 생뚱맞게도 나이차도 많이 나는 중년 남자인 내가 어색하게 끼어 있는 이상한 그림이 그려진 거지요.

서귀포 시내를 드라이브하고는 한라산이 바로 코앞에 보이는 고근산을 올랐어요. 서울 강남에 있을 때부터 유명했다는 레스토랑에서는 먼저 먹어본 사람들이 가장 맛있었다고 추천한 메뉴들만 주문해서 나누어 먹었어요. 잘나간다는 트렌디한 카페에서 커피도 마시고, 제주시로 가는 길에 중동 지역의 옛 건축 양식인 대쉬폰이라는 이색적인 건물에서 기념 촬영도 했지요. 저녁에는 제주의 청년들이 모여서 만든 아티스트의 아티스트에 의한 아티스트를 위한 문화 예술 잡지인 《씨위드(Seaweed)》가 주최한 파티에서 제주 맥주와 맛난 안주로 배를 가득 채웠어요. 그날 하루의 마무리는 우연히 길에서 만났던 한진오 극작가가 여기까지 와서 안 오면 섭섭하다고 해서 갔던 그의 작업실에서 마신 커피였어요.

왕언니인 나 다음으로 맏언니인 무용가는 "정말 하루를 꽉 채워 이토록 거리낌없이 웃고 수다 떨고 맛있는 거 배 터지게 먹고 마시고 했던 즐거운 날이 언제 또 올까."라면서 그날 하루가 가는 것을 아쉬워했어요. 모두들 계절이 바뀔 때마다 한 번씩은 모이자고 했지만, 사실 다 바쁘게 살아가는 사람들이라 가투어가 계속 이어지지는 못했어요. 가투어 대표님, 그러니 말 나온 김에 올 가을에는 날 잡아

왕년의 멤버들이 모두 모여 하루 종일 신나게 놀아 봐요.

참 후일담이 있어요. 함께했던 4인의 미녀들이 페이스북에 올렸던 이날을 추억하는 글과 사진을 본 많은 남성들이 나에게 투덜거리면서 했던 말을 한마디로 요약해보면 "왜 4인의 미녀들 사이에 내가 끼어가지고 그림을 다 망쳐놓았느냐."는 거예요. 나는 아무런 대답도 안 하고 씩 웃기만 했어요. 부러워서 그런다는 거 다 아니까요.

원도심에서 길을 찾다

인천 앞바다에 배는 들어와야 들어온 거고, 고뿌가 있어야 사이다를 마시고, 서사란 만나야 이루어지는 거겠지요. 무엇인가를 해보려는 사람과 제주에서 남는 자원을 서로 연결하는 모임을 통해 새로운 가치를 만들려는 밋업(Meet-up)을 비전으로 내세운 신생 IT 플랫폼 회사가 제주시 원도심인 삼도이동에 사무실을 둔 제주스퀘어예요. 작년 가을 제주스퀘어의 첫 밋업이었던 삼도이동 동네 밥집 탐방에서 처음 만났던 김나솔 대표는 제주에서 태어나 고등학교를 졸업하고 서울로 진학하여 사회생활을 경험한 후 제주로 돌아온 청년이더군요. 제주의 가치를 업그레이드시키겠다는 청년다운 비전이 좋아 보여 제주스퀘어 소개를 겸한 연말 파티 밋업에서 시골책방은 기꺼이 제주스퀘어와 파트너십을 체결했어요.

그때 파트너십을 맺은 17개의 단체와 개인에는 미역 등의 해조류(Seaweed)라는 본래의 뜻에다가 함께 보다(See with)와 함께하는 바다(Sea with)의 복합 중의적인 의미를 담은 무자본 무계획 무질서의 독립 문화 예술 매체를 지향하는 《씨위드》의 발행인인 이나연 대표도 있더군요. 제주 출신으로 서울과 뉴욕에서 살다가 귀향한 미술 비평가 발행인이 지역도 영역도 없이 재미와 의미만 있는 신문이자 문화 예술인들의 놀이터를 제주에 하나 더 짓는 마음으로 만들었다는 인상적인 잡지가 씨위드예요.

시골책방 서가에 있는 《뉴욕 생활 예술 유람기》도 유럽 고지도에 표시된 제주의 옛 지명인 켈파트(Quelpart)에서 이름을 따온 켈파트프레스를 꾸려가는 이나연 대표가 쓴 책이에요. 전 지구적인 콘텐츠를 지향하는 이 출판사 사무실의 이름은 원도심 남문로터리의 낡은 건물에 있는 새탕라움이지요. 새탕은 독일어로 미역 등의 해조류이고 라움은 공간이나 가능성의 의미라고 하니, 새탕라움을 우리말로 옮기면 미역의 공간이나 미역의 가능성이겠군요. 미역의 공간에서 미역의 가능성을 꿈꾼다고 하니 참 청년다운 이름이지 싶어요.

제주스퀘어의 연말 파티 밋업이 열렸던 공간은 원도심의 관덕정 건너편 골목 입구에 있는 쌀랩(Sal-Lab)이었어요.

공공과 민간이 힘을 모아서 사회적 가치를 창출하는 플랫폼인 일상생활의 실험실이라는 리빙랩(Living-Lab) 프로젝트의 일환으로 1930년대에 지어진 폐가를 개보수한 곳이지요. 쌀랩은 지역의 먹거리를 연구하고, 지역의 적정 산업을 발굴하고, 지역의 혁신을 위한 씨앗을 찾아 돕고, 지역을 고민하고 실천하는 사람들이 모이는 이색적인 커뮤니티 공간이에요. 프랑스에서 전공했던 디자인 감각으로 쌀랩 공간을 멋지게 탈바꿈한 청년은 부산 출신인 최윤경 메르치보꾸 대표예요.

탐라국 시절부터 불과 수십 년 전인 2천 년 동안 제주의 역사와 문화의 중심지였다가 도시의 비대화로 쇠락해 버린 공간이 제주시 원도심이지요. 그러니 제주 공동체가 지녔던 흔적들의 원형을 간직하고 있는 원도심은 제주의 가치를 지키기 위해서라도 지켜내야 할 공간인 셈이에요. 원도심의 가치를 지키려고 애쓰는 많은 사람들이 있고, 원도심을 제주 문화 예술의 중심지로 만들려는 정책적인 지원이 있기도 하여 원도심의 문화적인 외형은 어느 정도 갖추어가는 듯해요.

더 중요한 것은 이를 채워줄 로컬과 글로벌 감각을 고루 갖춘 콘텐츠겠지요. 제주 출신이든 제주가 좋아 제주로 온 타지 출신이든 그런 콘텐츠를 가진 청년들이 제주시 원도 심에서 길을 찾아가는 모습이 점점 늘고 있어 다행이지 싶어요. 제주에서 모자란 것과 남는 것을 연결하여 제주다운 문화 예술적인 가치를 찾아가는 그 길에서 우리 언제 밋업 한 번 해보게요.

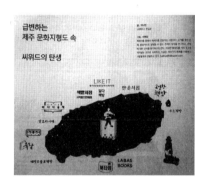

커피트럭 풍만이

커피쟁이 이담 님은 로드다큐멘터리 영화인 〈바람커피로드〉의 주인공이자 책도 여러 권 낸 작가이기도 해요. 그의 커피를 시골책방 앞마당에 초대했던 적이 있어요. 그가 전국을 돌아다니면서 커피와 사람을 만나게 해주었던 커피트럭 풍만이를 시골책방에 데려와 사람들에게 커피를 내려주었던 거지요. 인화로 사회적 협동조합에서 열렸던 인문학 콘서트가 끝나고 뒤풀이 자리에서 옆자리에 앉아 술 마시다가 이야기가 나와서 '이거 재미나겠다.' 싶어서 바로 추진했던 거예요.

사실 나는 그가 제주로의 이주 열풍이 거세게 불어오기 바로 직전에 썼던 《제주 버킷 리스트 67》이라는 책을 통해 그를 이미 알고 있었어요. 그는 기억을 못 했지만 제주 산천단 근처에서 카페를 할 때도 갔었지요. 그렇게 나는 그를 알고 그는 나를 모르는 사이였다가, 몇 해 전 커피동굴에서 가

졌던 인문학 강좌에서 그의 커피 강의를 들으면서 정식으로
인사를 나누었어요.

　작년에 서울에 갔을 때는 그가 바람로드의 삶을 끝내고
서울 연남동에 문을 연 카페인 바람카페에 갔어요. 그날은
한양 도성의 우백호인 인왕산을 넘고 무악재에 놓여 있는
생태 연결로인 하늘다리를 지나 도성 후보였던 지금 신촌
지역의 북현무인 안산에서 하산 방향을 연남동으로 정했던
거였어요. 그러니까 산 두 개와 오래전 조선시대에는 호
랑이도 출몰했다는 고개를 넘어서 갔을 만큼 그가 볶아서
내려주는 커피가 내 입맛에는 알맞다는 거지요.

　각설하고 풍만이가 시골책방에 왔던 날에는 많은 분들
이 찾아오셔서 만 원의 시음 참여비를 내고 그가 내려주는
이런저런 커피를 다양하게 맛보았어요. 오신 분들과 풍성
한 재미를 함께하기 위해서 부대 행사도 마련했지요. 든든
든 그림책 읽기 모임의 리더인 양유정 님이 그림책 모임을
해오는 동안 가장 공감을 많이 받았던 그림책들만 골라왔
기에 함께 마당에서 돌아가면서 낭독을 했어요. 원하는 분들
이 많으셔서 조천리 골목 투어인 길 위의 인문학도 했어요.
이담 님과 함께 이날의 더블 호스트였던 조천리 주민인 내
가 당연히 길 안내를 했지요. 길 위의 인문학이란 게 뭐 별

건가요. 꾸불꾸불한 골목길과 평화로운 바다와 한적한 쏘
구를 걸어가는 조용하고 은근한 마음을 가진 사람들에게
서정하고 깊은 마음 한 자락 스쳐갔다면 길 위의 인문학이
겠지요.

그날 공식 행사는 저녁 6시에 끝났지만 그 이후에 무슨
일이 벌어졌는지는 비밀의 영역으로 남기려고 말 안 할래
요. 사람과 사람이 사람으로 만나 서로 명랑할 수 있는 곳.
여기는, 제주예요.

젬베 치는 사람들

젬베를 치는 누군가에게서는 자유로운 영혼의 냄새가 나는 거 같아요. 13세기 무렵 서아프리카 일대에서 축제와 제식을 위해 만들어졌다는 젬베(Dzembe)는 우리말이든 영어든 모두 단어의 생김새뿐만 아니라 단어를 부를 때의 어감, 그리고 연주하는 순간에 이르기까지 무언가 야성이 뿜어내는 원시성이 느껴져서 배워 보고 싶던 악기였어요. 인연이 닿아 무료로 악기도 배우고 공연도 해보자는 함덕뮤직빌리지 프로젝트의 1기 멤버로서 10대에서 60대에 이르는 여러 사람들과 어울려서 젬베를 배웠어요.

강사는 제주를 대표하는 밴드인 사우스카니발(South Carnival)에서 콩가 등을 치는 퍼커셔니스트인 고 부장님이었어요. 본명은 당연히 따로 있지만 가장 사우스 카니발다운 개성이 강한 캐릭터라고 전 소속사 사장님이 붙여준 예명이라고 해요. 타악기만 잘 치는 줄 알았는데 화음 넣을 때

보니 통기타도 잘 치더군요.

사우스카니발과는 그 전에도 인연이 있었어요. 사우스카니발의 노래 가사를 제주시 원도심에 있는 동네인 삼도이동 노래 가사로 바꾸어 불러보는 프로젝트에서요. 그때는 젬베가 아니고 고 부장님이 개인적으로 가지고 있는 다른 악기를 흔들면서 작은 실내 무대에서 공연을 했지요.

내가 젬베를 배웠던 2018년은 사우스카니발의 주력 멤버들이 만든 사회주의밴드 시절까지 거슬러 가면 밴드 결성 10주년이 되는 해였다고 해요. 무슨 이념적인 이유로 사회주의밴드라는 이름을 붙인 게 아니고 '명랑사회를 만들자.'라는 그냥 재미있으려고 만든 이름이었는데, 예정되었던 방송 출연이 밴드 이름 때문에 취소된 후 바꾼 거라고 해요. 자메이카나 쿠바 같은 카리브해의 정서가 담긴 음악을 주로 하는 스카밴드이니 이름에 스카를 넣어 사우(스카)니발로 바꾼 거지요. 서울에서 활동하는 스카밴드인 킹스턴 루디(스카)처럼 말이에요.

400석이 넘는 객석수를 가진 대형 무대인 설문대여성문화센터 공연장에서 사우스카니발 결성 10주년 축하 공연을 가졌어요. 우리 젬베팀은 관객이 꽉 들어찬 그 무대의 첫 순서로 자전거 탄 풍경의 〈너에게 난, 나에게 넌〉과 산울림의

〈너의 의미〉라는 아름다운 가사의 노래를 젬베를 치면서 불렀지요. 순서가 끝나자마자 우리들은 앞 열에 미리 마련된 지정석에 앉아서 공연을 즐겼어요. 열악했던 지역 공연 환경에서 10년을 이어온 제주의 대표 밴드 사우스카니발의 내공과 팀워크가 빛났던 그 무대를 정말 마음껏 말이에요.

배움의 하루

　부모님의 고향인 제주 고산리의 고산초등학교에 가면 수길도서관이 있어요. 7남매 중에서 유난히 책을 좋아하고 가장 똑똑했다고 하는 둘째 형을 애도하기 위해 부모님이 지어서 고산초등학교에 기증했던 공간이에요. 언젠가 가서 보니 아이들이 그곳을 많이 들락거리고 있는 모습이 참 보기 좋았지요.

　제주에 사는 친척이 사진을 정리하다가 보니 둘째 형과 누나들을 찍은 사진을 발견했다면서 보내왔어요. 내가 태어나기 한참 전인 1955년 사진으로 고산초등학교 교정에서 찍은 사진인 듯해요. 배경으로 나온 당산봉을 걸으면서 '당신들이 오래전에 걸어갔었던 이 길을 나도 지금 걸으면서 파노라마처럼 변해 가는 고산 앞바다의 차귀도를 바라보는군요.'라고 생각했던 적이 있어요. 두 분 다 무학이었고 경제적으로 어려운 형편이면서도, 사진에 희미하게 나온 글에서 보이듯이 배움의 하루를 맞이하는 아들과 딸을 곱게 단장시킨 모습에서 자식들 공부 욕심이 컸던 부모님의 심사가 고스란히 느껴졌어요.

당신들은 '내 새끼들은 배불리 먹이고 원하는 대로 공부도 다 시켜주겠다.'는 자신과의 약속을 완벽하게 지키셨지요. 예전에 어머니는 "대학 다 나온 자식들 모두 합쳐 봐야 학교 문전에도 못 가본 아버지 혼자만 못하다."라고 농담처럼 말한 적이 있어요. 물질 잘하는 해녀 순서로 나누는 상군 중군 하군 똥군 중에서 똥군 그릇이었을 내가 살아보니 어머니의 말이 농담만은 아니었던 거 같기도 해요.

오랜 경험과 지혜로 물때를 정하고 예상치 못한 돌발 상황에도 대비해야 하는 게 해녀의 삶이지요. 친척 어른이 언젠가 내게 말했어요. "너희 어머니는 젊었을 때 물질도 잘하고 리더십도 있어 해녀 대장인 대상군 그릇감이라 불렸다."고 말이에요.

언젠가 공들였던 일이 잘 안 되어 속상하다면서 끼니를 거르는 나를 보고 강인한 제주 여인의 전형이었던 어머니는 딱 한 말씀만 하셨지요. "사람은 살아 있는 동안에는 곡기 끊는 거 아니다." 이 말을 듣고는 군소리 없이 먹었던 밥은 나의 허기진 속을 채워주었어요.

자식을 가슴에 묻었던 적이 있던 당신들은 임종 직전의 순간에도 남아 있는 자식들을 염려하셨지요. 아무리 생각해도 지금 내가 제주의 일상에서 늘 배움의 하루를 보내는 중년 청준이 되어 누리는 이 행운에는 내가 스스로 해낸 몫보다 당신들 음덕의 몫이 더 큰 것 같아요.

계룡의 하루.
1955. 3. 17.

3부

걷는다는 것, 본다는 것

지중해를 건너면서

지중해를 건너면
제주가 나온다
마음속 지중해에 대한 패권을
바다에 버려야 갈 수 있는 곳
용눈이오름을 내려온 나르시스가
제주바람 따라온 안달루시아 집시와
이월의 수선화로 춤추는 곳
돌하르방과 조르바가 중산간 동네평상에 앉아
주거니 받거니 막걸리를 나누다가
오월의 감귤꽃 향기에 더 취해버리는 곳
사랑에 빠진 영등할망과 포세이돈이
검은 드레스 해녀합창단의 숨비축가 들으며
팔월의 바다빛으로 애정하는 곳
이어도사나 이어도사나 애절한 파두에
닫았던 귀를 연 오딧세우스가
시월의 현무암 닮은 뱃사람 되는 곳
올리브팽나무 가꾸는 순한 벗들과
낮에는 땀 흘리고 밤에는 놀이 하다가
문득 죽음의 자격을 가지게 되는 곳
지중해에 대한 패권을 마음속에 품은 채
끝내 가지 못하는 곳

지금은
추자도쯤이다

지상에서 영원으로 바람과 함께 사라지다

　달빛 가득, 벚나무 가득 서정한 고갯길인 달맞이길을 4월의 봄밤에 걸어가는 풍경을 머릿속에 그려보세요. 이제는 선탠(Suntan)에서 이름을 빌린 문탠 로드(Moontan Road)라고 불리는 해운대와 송정을 잇는 달맞이길에서는 청사포라는 고운 이름을 가진 마을이 내려다보여요. 청사포는 미포에서 송정역까지 해안 절경을 끼고 달리다가 이제는 역사속으로 사라진 열차가 지나갔던 마을이지요. 지상에서 영원으로 달려가는 듯 했던 열차와 내 청춘 한 자락의 추억이 담긴 군불로 밥 짓는 냄새의 공간으로 기억했던 어촌 마을 청사포는 이제는 바람과 함께 사라져 버린 듯 옛 자취를 찾기 어려워요.

　송정해수욕장에서 기장 시내를 지나서 걸어가다 보면 해안 절벽에 자리 잡은 용궁사가 나와요. 관세음보살이 바다에 있다가 용을 타고 나타날 법한 해안 절경이 아름다운 용궁사의 정확한 이름은 해동 용궁사이더군요. 《용비어천가》에도 나오는 우리 나라의 옛 이름이면서 내 모교의 이름이기도 한 해동이라는 이름이 반가웠어요.

해동 용궁사에서 해변 산책로를 따라가면 이터널 저니(Eternal Journey)가 나와요. 수험서나 참고서나 자기계발서 없이 예술, 인문학, 취미, 특정 주제 등의 책으로만 500평이라는 큰 공간을 책이 돋보이는 방식으로 진열해놓은 책방이지요. 옳고 그름의 문제가 아니라 방향을 제시할 뿐인 서로 다른 취향의 문제(Matter of taste)를 지향하는 책방이기도 해요. 다른 취향을 존중해줄 때 타인을 이해하는 감수성이 깊어져서 다름을 즐길 수 있는 그런 공간을 지향하는 거겠지요.

내 모교의 이름인 해동과 영원하다는 의미인 Eternal이 겹치면서 과거의 어떤 기억을 소환했어요. 고등학교 졸업 기념으로 제작했던 책에 졸업을 앞두고 간단하게 소회를 쓰는 난이 있었지요. 나는 이제 곧 검은 제복을 벗을 수 있다는 게 너무 좋았던지 영화 제목 2개를 붙여서 적었어요. '지상에서 영원으로 바람과 함께 사라지다(Gone with the Wind, From here to Eternity).'라고 말이에요.

기억의 소환은 또 다른 기억을 소환했어요. 몇 해 전 허공에 기러기 몇몇쯤은 날아갈 법한 초겨울에 제주도 남원

읍의 제남도서관에서 미셸 공드리 감독의 〈이터널 선사인 (Eternal Sunshine)〉을 봤어요. 집으로 돌아오는 길에 옆 동네인 위미리에서는 땅에 떨어진 동백꽃을 봤지요. 절정의 순간에 느닷없이 져야 하는 동백은 잊혀지고 싶지 않았겠지요. 클레멘타인과 나누었던 기억을 망각하고 싶지 않은 조엘의 무의식처럼 영원한 햇살이란 사랑한 흔적 몇몇쯤은 기억해 달라는 바람이겠지요. 지상에서 영원으로 바람과 함께 사라지더라도 말이에요.

천국으로 가는 계단

승용차를 버리고 버스를 타기도 하고 걸어가기도 하면서 가을 제주를 여행한다는 거는 잘하는 거지요. 시골책방에서 버스를 타고 성산에서 내려 중산간 가는 지선버스로 갈아타고 가면서 바라보는 창밖은 마치 이곳에 처음 온 듯 새로운 풍경이었어요. 차를 내가 운전하고 다닐 때에는 못 봤던 풍경을 버스의 큰 유리창을 통해 버스가 이동하는 속도에 맞추어 시시각각으로 마음껏 볼 수 있으니까요.

실은 전날에 박선정 여행 작가와 파스텔화를 그리는 장수영 작가와 함께 이 근방을 돌아다녔지요. 아직 영주산을 못 가봤다고 했더니 박선정 작가가 말하기를 "수홍 쌤, 영주산에 있는 천국으로 가는 계단만큼은 꼭 하늘이 푸르른 날에 오르셔야 해요."라고 했는데, 바로 다음날의 하늘이 참 푸르렀기에 다시 혼자 왔던 거였어요.

영주산을 오르다가 바라본 주변의 정경은 한가하고 아늑

했어요. 심지어 오름 중간에 있는 무덤이라는 그 서글픈 죽음의 잔해까지도 편하게 느껴졌지요. 이내 푸른 하늘과 맞닿은 듯 보이는 계단을 오르면서 이곳을 왜 천국의 계단이나 부르는지를 바로 알 수 있더군요. 그 감동을 페이스북에 올렸더니 박 작가가 댓글 달기를 "그 느낌 아니까!"였어요.

전날 함께 갔던 장수영 작가가 그날의 기억을 담아 페이스북에 올린 글에 나오는 길동무라는 단어가 자꾸 생각났어요. 서로에게 주어진 삶의 길을 걸어가다가, 서로가 필요하거나 편한 시간에 느닷없이 만나서 웃고 떠들고, 다른 사람 흉을 가볍게 보더라도 말이 새어나가지 않아서 좋고, 속내를 보이거나 힘들어하는 낌새가 보이면 그냥 무조건 서로의 편이 되어 위로해주고, 그렇게 자연스럽게 함께 늙어가고, 그러다가…

레드 제플린의 명곡 〈천국으로 가는 계단(Stairway to Heaven)〉에서 "우리가 바람과 함께 길을 걸어갈 때 우리의 그림자가 우리의 영혼보다 더 크다(As we wind on down the road, our shadows taller than our soul)."라는 노랫말이 가슴에 와닿아요. 삶과 죽음이 결국은 한 끗발 차이인 우리네 인생에서 내세울 것 없는 초라한 영혼에게도 삶의 끝에 드리워진 그림자를 서로 지켜봐주는 길동무가 있다면 참 좋겠어요.

마종기 시인은 "사람이 사람을 만나 서로 좋아하면 두 사람 사이에 물길이 튼다."고 했지요. 서로의 삶을 지켜보면서 서로를 섬세하게 기록할 수 있기에, 서로의 시간들이 충분한 의미를 가지게 되어 맑은 물길을 따라 서로를 천국으로 가는 계단으로 인도하는 그런 길동무 말이에요.

가도 가도 서쪽인 당신

섬 속에 숨은 당신
섬 밖으로 떠도는 당신
울지 마세요
가도 가도 서쪽인 당신
당신이라고 돌아갈 곳이 없겠어요

이홍섭 시인이 노래한 서귀포의 원도심 산책은 이중섭
거리에서 시작해서 이중섭거리에서 끝나는 게 나의 공식이
에요. 송산동 골목길을 따라 서귀포 포구와 새섬에 갔다가,
제주 시절의 이중섭이 가족과 게를 잡으면서 잠시 행복했
었다는 자구리 해안에서 그의 그림에도 나오는 섶섬을 보
면서, 서귀진이 있었던 솔동산 방향으로 돌아오는 거지요.
시간 여유가 있다면 서쪽으로는 황우지 해안과 삼매봉과
걸매생태공원 쪽으로, 동쪽으로는 정방폭포와 소정방폭포

쪽으로도 가보는 거구요.

이중섭거리에는 화재가 난 후 방치해 둔 지붕이 내려앉는 바람에 오히려 더 멋진 야외 공연장으로 변신한 서귀포관광극장이 있어요. 담쟁이와 어우러진 러스틱한 풍경이 근사해서 내가 제주에서 제일 좋아하는 무대지요. 작년에는 여기에서 문화 기획가인 이재정 님이 기획했던 안갑성과 김민주의 뮤지컬 갈라 콘서트 공연도 보았고, 하타 슈지가 기타를 연주하고 재즈팀과 협연하는 공연도 관람했어요.

샹송을 가장 프렌치스럽게 부른다고 하여 한국의 에디뜨 삐아프라 불렸던 중저음의 허스키한 소위 지적이고 고급지다는 목소리의 가수인 이미배의 공연도 작년에 여기에서 열렸어요. 오래전 시리즈가 만들어질 정도로 화제의 영화였던 〈애마부인〉의 주제곡인 〈당신은 안개였나요〉에서 "안개인 당신보다 안개 아닌 당신이 더 좋아요."라는 그녀의 노랫말을 들으면서 어쩌면 현자의 고뇌에 찬 지적인 경구보다 절절한 유행가의 노랫말이 우리네 사는 모습과 더 닮은 거지 했어요.

이중섭거리에 왔으면 이중섭이 1년 동안 일본인 아내 마사코(한국 이름 이남덕)와 장남 태현과 차남 태성과 함께 살았던 1.4평 단칸방에 1.9평 부엌이 딸린 초가집에 가보셔야지요. 아내와 아이들을 현해탄 너머 동쪽 일본 땅에 두고는 자신은 서쪽 한국 땅에 남아야 했던 그에게 바다란 가수 남진이 부른 〈가슴 아프게〉 같이 "당신과 나 사이에 저 바다가 없었다면 쓰라린 이별만은 없었을 것을"이라는 가도 가도 막막한 푸르름이었겠지요.

서귀포 시내에서 시골책방이 있는 조천리로 가려면 북쪽으로 있는 한라산을 넘어가서 다시 동쪽으로 가야 해요. 내 발길은 동쪽으로 가는데 당신은 가도 가도 서쪽이기만 하군요.

하노이의 1월

하노이의 1월은 새벽 시장 쌀국수 맛이 깊었어요.

10대 때 살았던 부산 서대신동의 옛 부산여고 터에 베트남 전쟁이 끝난 직후 보트를 타고 조국을 떠났던 보트피플이 수용되었어요. 그곳에서 보트피플의 넋 나간 듯 슬픈 표정으로 베트남을 처음 만났어요. 하노이 다운타운에 있는 하노이 군사박물관에 갔더니 그 전쟁에 사용되었던 무기들이 진열되어 있었어요. 역사박물관에는 미군과의 전쟁 기록이나 사진은 많았지만, 우리와 관련해서는 '한국군이 베트남에 왔음'을 알리는 사진 한 장만 전시되어 있더군요.

20대 때 이영희 선생이 쓴 《전환시대의 논리》를 읽었어요. 그 책에 있는 베트남 전쟁사를 읽으면서 미처 몰랐던 베트남의 얼굴을 보았어요. 모든 베트남 지폐에 등장하는 표지 모델이기도 한 사후 50년이 되어가는 호치민에 대한 베트남 사람들의 한결같은 애정의 비결은 이념이 아니라

'호 아저씨'라는 애칭으로 불릴 수 있었던 애민의 진정성이
라 믿어요.

30대 때 세계 경영에 그룹의 승부수를 던졌던 대우그룹
에서 일했어요. 대우그룹이 제3세계 국가들과 사회주의 국
가들에서 주로 벌였던 해외 투자 사업 현장에 국제금융시
장에서 외화 증권을 팔아서 자금을 투입하는 일을 했던 거
지요. 이제는 20세기 자본주의 전쟁사의 패자가 되어 버린
대우그룹은 사라졌고, 신시가지에서 봤던 하노이에서 가장
크다는 실내수영장까지 갖춘 하노이대우호텔이 그 현장의
하나였음을 기억했어요.

40대 때 사업을 했어요. 사업거리를 찾을 때에 실제로 이
루어지지는 않았지만 베트남에서 동업을 해보자고 했던 사
람을 만난 적이 있어요. 하노이를 걸어서 돌아다녀보니 여
전히 개발의 열풍이 진행 중이더군요.

50대 때의 어느 1월에 베트남 하노이를 여행으로 다녀
갔어요. 프랑스 식민지 시절부터 베트남의 수도였던 하노
이에는 프랑스풍 노천 카페가 많았어요. 미국인인 올리버
스톤 감독이 미국적인 시각을 어느 정도 벗어나서 제작한
베트남 전쟁 고발 영화인 〈플래툰〉에서 전쟁의 참상이 화
면에 비칠 때마다 비장하게 깔리던 사무엘 베버의 〈현을 위

한 아다지오〉를 들었지요. 어느덧 중년이 되어 버린 남자가 깊어가는 하노이의 밤에 기대어 지나 버린 시간들과 덧없이 만나고 있었어요.

하노이의 1월은 무채색이 그리는 밤이 깊었어요.

기다리는 이유들

제주에서는 많이 걷기로 했으면 많이 설어야시요. 시골 책방이 있는 조천리에서 제주시 원도심까지는 어지간하면 걸어가요. 대섬을 지나 신촌리 해안 마을의 골목을 벗어나면 바다 전망이 확 트여 있는 닭머리 해안이 나와요. 제 계절이 오면 연꽃이 피는 남생이 습지와 제주시의 삼양과 화북에 살던 사람들이 고향 마을에 제사 지내려고 다니는 길이었다는 신촌 가는 옛길을 지나면 삼양 해변이에요. 화북 포구와 벌랑길을 지나 별도봉의 절벽 해안길을 따라간 후 사라봉 자락을 지나면 제주시 원도심이 나오지요. 제주에서 익숙한 길을 걷다 보면 내 몸과 마음이 내가 좋아하는 제주의 느낌들을 날씨와 계절과 시간대별로 기억하고 있다는 생각이 들곤 해요. 이 길을 걷던 어느 늦겨울에 따듯한 대지를 보듬는 대지의 방식을 느낄 수 있는 봄을 그리워하는 나를 만났어요. 초록을 몹시 궁금해하는 어린 연두의 시간이었던 거예요. 봄을 기다리는 이유인 거지요.

이 길을 걷다 보면 나오는 삼양해수욕장은 여름밤이 되면 지인들과 어울려 치맥하는 곳이에요. 바다가 잘 보이는 곳에 위치한 나무 데크에 놓아둔 돗자리나 접이식 의자에 앉아서 파도가 밀려오는 모양새를 눈으로는 보고 귀로는 들으면서 시장 통닭과 맥주를 마시는 거지요. 저 멀리 한치잡이 배의 불빛이 취흥을 더해주니, 제주에서 여름밤을 보내는 방식으로 야외 해변에서의 치맥을 빼놓을 수 없어요. 어느 여름날에 페이스북에 삼양 해변에서의 치맥 번개를 올리면서 주최자인 나는 신데렐라가 아니므로 12시가 넘어서도 있을 거라고 했더니, 글쎄 서른 명에 가까운 사람들이 밤새 들락거리면서 한여름 밤의 제주 바다에서 밤을 지새웠어요. 낭만 치맥이 있는 여름을 좋아해요. 여름을 기다리는 이유인 거지요.

어느 겨울날에 이 길을 3시간쯤 걸었더니 배가 고팠어요. 제주시 원도심에 오면 메뉴별로 다니는 단골 식당들이 있어요. 겨울이었던 그날에는 점성이 없어 뚝뚝 끊어지는 백 퍼센트 제주 메밀로 만드는 겨울 별미인 꿩메밀국수가 유일한 메뉴인 ㄷ식당에서 심심하면서도 시원한 맛을 본 후 커피동굴로 갔어요. 장수영 작가가 가상적인 디지털 공간을 실제로 존재하는 아날로그 공간으로 옮겨놓은 '좋아요' 전시를 보러 갔던 거지요. 잘 아는 편한 사람들이 많이 모여 있었어요. 따뜻한 그림과 글이 있어 훈훈한 전시이기도 했지요. 그날이 전시회의 마지막 날이라 뒤풀이 시간에는 재미있고 따뜻한 시간이 기다리고 있었어요. 풍경의 완성이 사람이듯 어쩌면 겁이 많아 어둠일지도 모를 밤이 그렇게 따뜻한 밤이라면 기꺼이 좋아해요. 밤을 기다리는 이유인 거지요.

이노이하다

섬에 왔어요. 제주가 아니라 목가적인 양떼들의 풍경과 잘 보존된 자연의 나라인 뉴질랜드 말이에요. 대자연으로 나서기 전에 여행은 뉴질랜드 인구의 삼 분의 일이 산다는 오클랜드에서 시티 라이프를 즐기면서 시작되었어요. 미술관이나 공원이나 시장이나 도서관 등을 마치 현지인처럼 돌아다녔던 거지요.

위압적이지 않은 이 도시를 차를 타지 않고 온종일 걸으면서 공원이나 시장에서 거리 악사의 연주를 듣고, 거리에서 뉴질랜드 원주민인 마오리족의 전통춤인 하카를 흉내내는 청년들을 거리 음식을 먹으면서 보았어요. 주방이 딸린 숙소에서 요리한 스테이크를 안주 삼아 마신 크래프트 맥주와 와인은 기대 이상이었고, TV를 켜니 뉴질랜드 럭비 국가대표팀인 올블랙이 하카를 추면서 상대팀을 위압했어요. 숙소를 나와 걸어갔던 밤이 다가오는 석양의 항구는 사람으로 하여금 무언가를 그리워하게 했어요. 그렇게 섬에서 나는 또 다른 섬을 그리워했어요.

일몰이 곱던 퀸스타운 뒷산은 뉴질랜드 사람을 가리키는 애칭이기도 한 키위인 피터 잭슨 감독이 모국의 아름답고 장엄한 자연을 배경으로 만든 영화인 〈반지의 제왕〉의 촬영지였다고 해요. 내가 떠난 모국의 계절은 늦가을이었지만 늦봄을 맞은 남반구 뉴질랜드의 장미는 만개의 절정을 이미 지난 듯 했어요.

일부러 빠르게 갈 수 있는 넓은 길을 만들지 않아 시간이 오래 걸리고 불편한 길이었던 밀퍼드 사운드로 가는 길은 그야말로 목가적인 평화였어요. 나를 싣고 빙하의 침식으로 이루어진 U자형 골짜기인 피오르드로 데려간 배는 바다에 이르러서야 돌아왔지요. 옥색의 푸카키 호수를 낀 마운트 쿡의 설경은 장엄했고, 뉴질랜드의 정신이라는 데카포 호수에는 별들이 무수히 떨어졌어요. 내 생애 최고였던 별들의 향연을 만끽한 그날 밤의 감동을 제대로 표현할 언어를 나는 알지 못해요.

타국의 대자연이 불러오는 감동은 이미 시작되어 버린 난개발로 신음하고 있는 제주에 대한 안타까움을 불러왔어요. 마오리족은 기도를 '이노이'라고 부른다고 해요. 제주가

"My Precious(나의 보물이여!)!"라고 중얼거리면서 절대 반지를 향한 욕망으로 인해 정신과 육체가 망가져 버렸던 골룸이라는 비극적인 캐릭터와는 절대 다르기를 이노이했어요. 일정은 많이 남아 있었지만 여행의 절정은 그 순간에 이미 지난 듯했어요. 데카포 호수에 떨어지던 별들에게 무언가를 간절하게 이노이했던 그 순간 말이에요.

하도리 가는 길

온종일 바닷길을 걷고 싶으면 시골책방이 있는 조천리에서 시작하여 하도리로 끝나는 길을 걸어가요. 제주에서 육지까지의 거리가 가장 짧은 83km인 관곶에서 먼 바다를 보고, 신흥리 숨은 바다에서 제주 동쪽 오름의 먼 풍경을 보다 보면 어느덧 한여름 밤 해변 음악 축제들이 유명한 함덕 바다에 이르러요. 시간이 많으면 함덕 바다를 더 특별하게 만드는 서우봉에 올라 함덕의 옥빛 바다를 내려다보면서 다려도가 고운 북촌리로 넘어가서 옆 마을인 동복리까지 걷는 거지요.

동복리와 김녕리를 잇는 해안 도로를 지나 김녕해수욕장부터는 온전히 바닷길로만 걸을 수 있어요. 월정리를 지나면 길은 행원리와 한동리와 평대리로 이어져요. 어느 날에는 한 카페 벽에 남녀가 서로를 그윽한 시선으로 바라보는 그림 아래 적힌 글이 눈에 들어왔어요. "I like to feel his eyes on me when I look away(내가 외면하는 때에도 그가 나를 바라봄을 느끼고 싶어요.).”라는 영화《비포 선라이즈(Before Sunrise)》의 대사였다는 이 글을 페이스북에 올렸더니 “여자는 배짱이고 남자는 순정이다.”라는 댓글이 달리더군요.

바다에 내린 햇빛이 아련하게 반짝이는 잔물결인 윤슬이 찰나의 소중함으로 고운 이 해안 도로 주변에는 주인장의 감각이 돋보이는 카페와 식당과 가게가 많아요. 그러니 다리도 피곤해지고 바닷길만 걷는 게 지루해지기 시작하는 여기쯤에서 해안 마을 안쪽 골목길도 걸어보고 차나 식사나 쇼핑도 하고 휴식도 취하면서 한가하게 노는 재미를 누려보세요.

끝자리 날짜가 5나 0(5, 10, 15 등)인 날에 이 길을 걷는다면 아름다운 세화 바다를 눈앞에 두고 있어 국밥이나 주전부리만 먹어도 분위기가 나는 세화오일장에 가보세요. 그리고 나면 마지막 코스는 근사한 카페와 식당이 많이 있는 하도리 가는 길이에요. 지금은 하도리 주민이 된 재즈 피아니스트 임인건이 작곡하고 제주 출신의 포크 가수 강아솔이 부르는 〈하도리 가는 길〉은 제주 동쪽 해안 도로를 드라이브하다가 하도리가 가까워질 때 들어야 제맛이지요. 마을 사람들이 탕탕물이라고 부르는 차가운 용천수에 발을 담근 채 철새들의 서식지인 철새도래지의 풍경을 바라보면서 고즈넉한 평화를 즐길 수 있는 하도리에 마침내 닿으면 시간은 밥과 술이 고파지는 저녁 무렵이 될 거예요.

제주 바닷길 걷는 이야기를 한다면서 자꾸 먹는 이야기로 빠지고 있군요. 하지만 '뭐 그럼 어때.'라고 배짱을 부리기로 했어요. 먹음이나 걸음이나 푸르른 바다에 내 마음 남김이나 다 생명을 생명답게 하니까요. 저녁 6시에 내가 제일 좋아하는 라디오 방송인 〈세상의 모든 음악〉의 시작을 알리는 시그널 뮤직으로 윌리엄 블레이크의 시에 곡을 입힌 〈밤의 호랑이(Tiger in the night)〉의 노랫말같이 "나의 밤에 깊이 우거져 밝게 빛나는(burning bright deep in the forest of my night)" 저녁이 있는 삶처럼 순정한 생명 말이에요.

어느 오래된 집

시골책방에서 차를 타지 않고 걸어서 중산간 동네를 가고 싶을 때는 대흘리와 와산리 방향으로 가요. 계절을 잊어버린 듯 봄에도 코스모스가 한창인 곳도 있고, 스위스 마을이나 프랑스 마을 같이 알록달록한 색깔의 마을들도 있지요. 내가 제일 좋아하는 마을은 곱은달이라는 고운 이름을 가진 골목길에 연꽃 피는 작은 연못도 있고, 추억의 흑백 사진도 찍어주는 동네 사진관이 있는 동네예요.

봄에 보는 가을꽃인 코스모스와 동네 사진관을 바라보면서 한석규가 동네 사진사로 나왔던 영화인 〈8월의 크리스마스〉를 떠올렸던 적이 있어요. 심은하가 예뻤고 영화도 예뻤지요. 시한부 선고를 받은 한석규가 혼자 남겨질 늙은 아버지에게 리모컨 사용 방법을 가르쳐주던 장면에서는 정말 울컥했지요.

시골책방에서 멀리 떨어져 있는 중산간 동네를 가고 싶

을 때는 버스를 타고 가다가 내려서 중산간에서 바다까지 이어지는 길을 걷곤 해요. 한창 자전거를 탈 때 평화로나 번영로를 자전거로 올랐다가 바다를 보면서 내리막길에서 전해지는 자전거의 속도감을 즐겼던 코스를 이번에는 걸어가는 거지요.

내리막길이라서 꽤 오랜 시간을 걸어도 힘이 덜 들고 중산간 동네들을 지나쳐 바다와 해안 동네들이 보이기 시작하면 이제 거의 다 와가는구나 싶어서 없던 힘도 생겨나요. 중산간이든 해안이든 동네들을 돌아다니다 보면 어쩐지 마음에 끌리는 집들이 꼭 나와요. 골목길 어느 집이 마음에 들면 저 집에는 어떤 사람들이 살까 궁금해지고 그러다 보면 그 동네까지 좋아지게 되지요.

남들이 안 하는 나만의 방식으로 제주를 여행하고 싶다면 이렇게 중산간에서 버스를 내려 바다까지 걸으면서 중산간과 해안의 자연도 보고 동네에도 들려서 골목과 집들과 사람 사는 풍경을 천천히 둘러보면 어떨까요. 어디서 버스를 내리고 어느 마을을 지나고 어느 코스를 선택하는가는 그리 중요하지 않을 거예요. 유명하든 아니든, 아는 곳이든 아니든, 가본 곳이든 아니든, 마음을 열고 걷는다면 그 어느 곳이든 제주에서는 특별한 게 보이니까요.

로드 맥컨(Rod Mckuen)이 부르는 〈유(You)〉를 좋아해요. 특히 이별의 쓸쓸하고 적막한 풍경이 고스란히 전해지는 노랫말이 그의 부드럽고 편안한 목소리로 들려오는 이 부분을요. "이제 오래된 집은 표식처럼 침묵하여(The old house now is silent, silent as a sign) 그대가 이별을 말한 어제부턴 머물러만 있군요(It's been that way since yesterday, when you said goodbye)." 그리하여 나에게는 특별한 제주에서는 나만의 풍경, 나만의 길, 나만의 동네, 나만의 골목길, 그리고 나를 울컥하게 하는 나만의 어느 오래된 집이 생겨날지도 모르니까요.

사파행 야간열차

대전 발 0시 50분 목포행 완행열차를 타본 적은 없지만, 북베트남에서 야간열차를 타본 적은 있어요. 난생 처음 베트남을 여행하면서 베트남 전쟁 종전 전에는 사이공이라 불렸던 호치민 시가 있는 남부 베트남이나 베트남을 대표하는 휴양 도시 다낭이 있는 중부 베트남 대신 북부 베트남을 선택한 것은 사파행 야간열차를 타기 위해서였어요.

하노이역을 떠난 열차는 밤새 달렸어요. 4인용 침대칸에서 혼자서 배낭여행 중이던 체코에서 온 젊은 여성까지 포함한 네 사람은 이야기를 주고받기도 하고 뒤척거리기도 하고 덜컹거리기도 하면서 사파행 야간열차를 함께 겪었지요. 새벽이 되자 열차는 목적지에 우리들을 내려놓았어요.

주로 백인 청년들이었던 여러 나라에서 온 배낭족들과 시장에 물건 팔러 가는 현지인들과 어울려 미니버스를 타고 박하시장으로 갔어요. 박하시장은 베트남 북부 산악 지방에서 사는 소수민족들이 그들의 전통 의상인 화려한 옷을 입고 물건을 파는 시장이에요. 식당에 들어가서 주문했던 쌀국수가 맛있다고 엄지손가락을 치켜세우니, 소수민족인 주인장은 활짝 웃으면서 집에서 먹는 밑반찬들과 우리 된장과 비슷한 것을 맛보라고 자꾸 내왔어요.

다시 미니버스를 타고 몽족이나 다우족 같은 6개 소수민족이 사는 고산 도시인 사파로 갔어요. 사파는 프랑스 식민지 시절 프랑스 사람들이 서늘하게 여름을 보내기 위해 깊은 산중에 만들었다는 휴양 관광 도시예요. 산악 지방이다 보니 산을 깎아서 만든 계단식 다랑이논들이 많았던 자연 속을 걸으면서 소수민족들의 삶을 조금 엿봤어요. 인종적인 이유인지 못 먹어서인지 모르겠지만 유난히 키 작은 사람들과 10살 전후의 여자아이들이 아마도 동생일 아기를 업고 다니는 모습이 많이 보였어요. 산악 지방이라는 열악한 자연환경으로 내몰린 베트남 소수민족들의 삶에는 마음의 일을 툭 건드리는 그 무엇이 있었어요.

베트남 여행을 마치고 제주로 돌아갔던 그 다음주에 3년간의 제주살이를 끝내고 고향인 대구로 돌아가는 장수영 작가의 전시회와 송별회가 있었어요. 나이가 들어가니 학연이나 지연이나 남녀노소 같은 구분보다는 마음의 일을 함께 나누고픈 사람과 벗이고 싶어져요. 마음의 일이란 게 삶이 이리저리 흩어지는 느낌마냥 홀로 정처 없지만요. 그 무엇을 끝내 그리워하면서 어둠 속을 마냥 흘러갔던 사파행 야간열차처럼 말이에요.

영도다리에서 주워 온 아이

혹시 어렸을 때 "너는 영도다리에서 주워 온 아이야."라는 말을 들어본 적이 있으신가요? 나는 들어봤어요. 누나들이 하도 그럴듯하게 말하기에 정말인 줄 알고 영도다리 밑에 산다는 친부모를 찾으러 간다고 울면서 가출하는 바람에 집을 뒤집어 놓았던 적이 있어요. 결국 어머니한테 누나들은 엄청 혼났고, 나는 한동안 돌아온 탕자 수준의 대접을 받았어요. 여하튼 그 일로 인해 영도다리 밑이 아니라 서대신동에서 김성남 선생의 아내였던 이기열 여사가 나이 사십이 넘어 산파의 도움을 빌려 7남매의 막내로 나를 낳았음을 확실하게 인정받았어요.

다리 밑으로 배가 다니도록 다리가 올라가는 도개교였던 영도다리는 1966년 교통량의 증가와 영도로 가는 상수관이 다리 위로 놓이면서 중단되었다가, 몇 해 전부터 눈요기로 하루에 한 번씩 올라가지요. 도개교라는 명성 때문에 전국적으로 유명하다 보니 한국 전쟁 때는 부산으로 몰려왔던 피난민 가족이 상봉했던 장소였다고 해요. 영도 영선동 출신인 현인 선생이 불렀던 피난민 가족의 이야기인 〈굳세어라 금순아〉에 영도다리가 등장하는 것이 우연이 아닌 거지요.

아버지 기일이라 부산 큰형님 댁에 왔다가 남포동에서 영도로 넘어가는 영도다리를 걸었던 적이 있어요. 나와 몇 살 차이도 안 났을 여성 차장이 사람으로 꽉 찬 버스 문에 아슬아슬하게 매달려 "오라이"를 외쳤던 만원 버스를 타고 고교시절 3년을 건넜던 다리예요. 영도다리를 걸어서 건너는 마음이란 저기쯤 있었던 오래된 가게가 사라진 거리를 걸을 때의 쓸쓸함이겠지요.

모교 자리에는 아파트 단지가 들어서 있었고, 이웃에 있던 여학교 두 곳은 이름을 바꿔 그 자리를 지키고 있더군요. 노후 선박 수리를 위해 배에 붙어 있던 녹과 조개껍데기나 따개비 등을 망치로 깡깡 두드리며 털어냈던 깡깡이 골목에서는 러스틱한 설치미술의 한 장면 같은 것이 여기저기에서 보였어요. 어쩌면 항구 도시 부산 사람들의 역동성과 가장 잘 어울리는 깡깡이 골목도 이제는 일감이 줄어들어 오래전 같지 않다고 하는군요. 오래전에 영도에 많이 살았던 제주 사람들에게 인분을 먹여 키운 진짜 제주 똥돼지까지 포함된 제주산 물품을 구해주었던 오래된 상회는 이제는 사라진 듯했어요.

산복도로 옆 구불구불한 골목길에서 태평양을 볼 수 있는 절영 해안 산책로에 갔어요. 고교시절 답답할 때 걸어가서 바다도 보고 오래된 친구들이 담배 필 때 망도 봐주던 곳이었는데, 지금은 영화 〈변호인〉이나 〈범죄와의 전쟁〉 등의 촬영 장소로 유명해져서 흰여울 문화 마을이라는 그럴듯한 이름으로 불리고 있더군요. 오래전에도 그랬듯이 오래된 여기 가난의 흔적은 벽화에 가린 채 드문드문 남아 있었구요.

제주행 비행기를 기다리던 김해공항 대합실에서 최백호가 부른 〈부산에 가면〉을 마음속으로 불렀어요. "오래된 바다만 오래된 우리만 시간이 멈춰 버린 듯 이대로 손을 꼭 잡고 그때처럼 걸어보자."

바람만이 아는 대답

누가 진지하게 내가 생각하는 가장 제주다운 풍경을 물어본다면 꽤 고민이 되겠지만 결국은 오름에 올라서 내려다보는 중산간의 풍경이라고 대답하게 될 거 같아요. 어느 해 초봄 유난히 화창했던 날에 다랑쉬오름에 올랐다가 내려다본 풍경을 잊을 수 없거든요. 대부분의 밭들은 농작물을 심기 전이라 흙빛이었어요. 근데 유독 한 곳은 드문드문 심어진 농작물의 초록빛과 활짝 핀 유채꽃의 노란빛이 어우러져 헐렁하게 모자이크를 이루고 있었어요. 그 밭 주위를 검은 현무암의 밭담들이 삐뚤빼뚤하게 경계를 이룬 모습은 자연만이 그려낼 수 있는 풍경이었어요. 게다가 그날따라 일출봉과 우도를 품은 하늘과 바다는 짙은 푸른빛으로 빛나고 있었지요.

《오름 오름》이라는 책을 쓰기 위해 몇 년 동안 미친 듯이 오름을 다녔던 박선정 여행 작가는 "아침에 창밖으로 손을 내밀어 느껴지는 바람결에서 그날 가고프고, 보고픈 오름을 떠올려요."라는 멋있는 말을 들려준 적이 있어요. 오름을 얼마나 좋아해야 손에 닿는 바람결에서 간절하게 가고프고, 보고픈 마음결로 이어질 수 있을까요. 밥 딜런이 부르는 〈바람만이 아는 대답(Blowing in the wind)〉일 것이니 오름에서 부는 바람에게 물어보기 위해서라도 오름에 올라야겠어요.

그 수가 삼백이 넘는다는 제주의 오름 중에서 내가 가본 백에도 훨씬 못 미치는 오름 중에도 개인적으로 더 마음이 가는 오름이 있어요. 초봄에 처음 피는 봄의 전령사인 노란 복수초를 보러가는 물영아리오름, 가을 억새를 보러가는 손지오름과 새별오름, 다랑쉬오름이나 따라비오름이 여왕이라 불린다기에 내 마음대로 장군오름이라고 이름을 붙인 근육의 거친 힘살이 느껴지는 동검은오름, 한라산과 겹겹이 물결치는 오름이 어울려서 굽이치는 풍경을 바라보는 전망이 가장 좋은 높은오름 등이지요. 그중에서도 가장 내 마음을 끄는 오름은 능선의 곡선이 제일 고운 용눈이오름이에요.

용눈이오름에 가면 많이 보이는 무덤을 둘러싸고 있는 현무암 돌담을 가리켜 제주 사람들은 산담이라 불러요. 돌이 사람의 궁리로 지어진 공간의 일부가 되어 저마다의 표정을 가지고 있지요. 가난한 사람들에게는 영혼의 음식인 감자를 제주에서는 지슬이라고 부르더군요. 오멸 감독의 영화 〈지슬〉에서 무장한 군인이 무력한 민간 여인에게 총을 겨누던 장면을 찍었다는 용눈이오름은 능선뿐만 아니라 산담마저 고와서 더 슬퍼요. 오멸 감독의 영화 중에서 내가 제일 좋아하는 영화는 귀신도 안 잡아가는 못난 녀석들의 이야기를 그린 〈어이그, 저 귓것〉이에요. 영화 포스터에 나오는 글귀인 "인생 뭐 있나? 내 맘 알아주는 당신이랑 노래나 한 곡조 불러 제끼면 되지."가 그냥 내 마음 같아서요.

제주 사람들은 오름에서 나서 오름으로 돌아가는 한 순환을 인생이라 부른다고 해요. 오름에서 나서 오름으로 돌아가는 인생에서 도대체 무슨 노래를 불러야 그냥 내 마음 같을지는 바람만이 아는 대답인 걸까요.

다시 섬이 그리워지고

폭탄이 들어 있는 상자를 예쁘게 포장하는 테러리스트의 아이러니 같은 것일까요. 제주가 좋으면서도 대부분의 삶을 도시에서 보냈던 나는 지금도 정신없는 혼란함과 북적대는 인파와 매캐한 공기가 있는 도시가 그리울 때가 종종 있어요. 그리하여 이런저런 이유가 있기도 하여 서울에서 한동안을 머무르곤 하지요. 그렇게 서울에 있을 때 주로 다니는 산책 코스가 서울의 원도심인 종로의 동네들과 한강변이에요.

천상병 시인이 "한 잔 커피와 갑 속의 두둑한 담배와 해장을 하고도 버스값이 남았음에 다소 행복하다."고 했듯이 만 원을 가지고 가면 이발을 하고 선지국밥을 사먹어도 2천 원이 남는 낙원의 가격인 낙원동에서 시작하여 익선동, 인사동, 북촌, 삼청동, 서촌 등으로 이어지는 종로를 걸어 다니다가, 문득 내가 숱하게 걸어 다녔던 제주시 원도심을 떠올렸던 적이 있어요. 제주의 역사와 바다와 2개의 재래시장이 있기도 하고 길거리 공연과 인문학 강연과 예술 영화 등을 보던 곳이니, 서울로 치면 홍대 앞과 북촌과 남대문시장과 한강공원 등을 조금씩 떼다가 합성한 것 같은 동네예요. 그렇게 나는 서울을 걸으면서도 제주를 생각하곤 했군요.

안양천 길을 지나 한강 길을 걷다가 서울에서 내가 제일 좋아하는 공원이자 환경 재생의 모범 사례인 선유도공원을 지나 양화대교와 한강망원공원으로 가는 길은 나의 서울 산책 코스 일번지예요. 종착지인 망원재래시장과 함께 소소하고 감각적인 공간들이 아직까지는 드문드문 들어서 있는 망리단길은 요즘 서울에서 내가 가장 자주 놀러가는 동네이기도 해요.

무엇보다 내가 서울에서 가장 좋아하는 풍경은 출장이나 여행으로 가보았던 뉴욕, 런던, 파리, 도쿄 등 세계의 어느 대도시의 강보다도 압도적으로 더 넓고 길게 도시를 가로지르는 한강의 야경이에요. 한강에 밤이 내리면 도시가 품은 대낮의 부끄러움은 어둠에 가려지고, 이내 빌딩과 다리와 유람선과 야외 극장에 불이 켜지면서 연출되는 장면 말이에요. 언젠가는 원효대교와 한강 철교 사이의 바지선에서 스페인, 캐나다, 한국 팀들이 차례로 쏘아 올리는 세계 불꽃축제를 보면서 한강의 야경을 즐긴 적도 있군요.

신달자 시인은 "한강에 어둠이 내릴 때 허공 속에도 수심 깊은 청빛 바다가 있다는 것을 허공의 푸른 영혼을 본 사람은 안다."고 했지요. 시티 라이프가 즐거운 기간은 결코 한 달을 넘기지 못하고 다시 무언가가 그리워지면 갈 곳이 있어 참 좋아요. 수심이 얕아 보잘것없는 내 영혼의 허공을 조금은 더 깊이 채워주는 청빛 바다와 푸른 숲이 있는 제주 섬 말이에요.

지중해로 가는 여행

지중해로 가는 여행의 시작은 바르셀로나였어요. 바르셀로나를 짧게 여행한다는 것은 가우디의 건축물을 본다는 거와 가우디의 건축물이 아닌 다른 무언가를 본다는 거였어요. 그가 있었기에 바르셀로나는 더 매력적이었고, 그가 없었어도 바르셀로나는 충분히 매력적이었으니까요.

바르셀로나 근교 지로나의 골목길은 중세의 유럽 도시로 타임머신을 타고 온 듯 했어요. 천주교 4대 순례지 중의 하나라는 까마득한 절벽 위에 지어진 몬세라트 수도원의 상징인 검은 마리아상을 보면서 마리아를 검은색으로 조각한 그 사람의 마음이 궁금했어요.

그라나다의 알함브라 궁전은 국토 회복을 목표로 하는 가톨릭계와 수백 년 동안 이베리아반도를 지배했던 이슬람계 무어인 사이에 최후의 전투가 벌어졌던 곳이라고 해요. 꺼져 가는 불빛이 가끔 그러하듯이 이슬람 건축의 백미로 불리는 궁전은 듣던 대로 아름답기 그지없더군요.

집시로부터 유래되었다는 플라멩고 공연을 봤어요. 몸짓은 절도 있고, 표정은 결연했고, 눈빛은 강렬했고, 소리는 애절했고, 탭댄스는 경쾌했어요. 댄서는 샹그릴라에 약간취기가 돈 나에게 자유로운 영혼과 노마드적인 삶의 상징인 집시의 목소리로 인생은 짧으니 지금을 즐기라고 말하는 듯 했어요.

스페인에서 가장 아름다운 도시라는 세비아는 스페인정복자들이 마야와 잉카로부터 약탈한 1.5톤의 금으로 만든 금빛 제단이 있는 대성당이 유명해요. 종교적인 위엄보다는 탐욕을 보는 대성당에는 콜럼버스의 관이 왕의 형상으로 만든 4인의 조각상에 들려서 공중에 매달려 있더군요. 스페인에서 겪었던 말년의 고초로 인해 스페인 땅에 자신을 묻지 말라는 그의 유언 때문이라고 해요. 고향 땅에 묻히지 못하고 부평초의 영혼으로 떠도는 아메리카 인디언과라틴 아메리카 인디오 들처럼 허공에 달려 있는 그에게 말을 건넸어요. "콜럼버스 씨, 당신이 한 일은 신대륙 발견이아니고 구대륙 도착이에요."

며칠을 안달루시아 지방을 돌아다니다가 마침내 지중해를 만났어요. 뜻밖에 작은 책방이 있었고, 노천 카페에서 먹었던 술과 음식은 근사했어요. 안달루시아가 점점 좋아졌어요. (안달)루시아라고 부르면 어느 스페인 여인이 창문 틈으로 내다볼 것만 같았던 지중해의 밤은 달콤했어요. 그 밤은 아프리카 대륙인 모로코로 넘어가기 전날 밤이기도 했어요.

처음 가보는 아프리카 대륙은 꼭 지중해를 건너서 가고 싶었어요. 두 대륙 간에 있었던 오래된 지중해의 제해권을 둘러싼 패권 다툼이나 문화 교류 같은 역사의 현장이었으니까요. 그리고 거기까지예요. 그들의 바다와 인문학에 대해 더이상의 선망은 없어요. 얼마 후 나는 내 혈관에도 그 DNA가 흐르고 있는 제주로 돌아왔어요. 이전보다 보다 간절해진 마음을 안고서요.

길의 관능

 길은 번대동 버스정류장에서 내려 시작되었어요. 하귀리부터 금능리까지 12개 마을에 걸쳐 있는 제주도 서쪽 바닷길을 걸었어요. 하귀에서 애월까지 이어지는 해안 도로는 제주도 서쪽에서 가장 길게 이어지는 해안 드라이브 코스로도 유명하지만, 풍광이 좋고 볼거리도 많아 걷기에도 좋은 곳이에요.

 애월에 왔어요. 물가와 달이란 뜻인 애월(涯月)이란 이름은 바다가 매립되기 전에는 포구가 안쪽으로 휘어진 반달 모습이었기 때문이래요. 이대흠 시인은 〈애월에서〉라는 시에서 "항구에는 지친 배들이 서로의 몸을 빌려 울어댑니다."라면서 그리움의 서정을 시에 담았어요. 바닷가 사람들에게 바다란 그 너머는 그리움의 영역으로 남겨두고 여기까지만 다가오라면서 땅과 물의 접지에 금을 긋는 건지도 모르겠어요. 물에 그어진 금을 물금이라 불러보면 어떨까

요. 때가 되면 지친 배가 물금을 넘어서서 다시 저 바다에게
로 나아가기를 바라면서 애월을 떠났어요.

오래전의 한가했던 모습은 사라지고 이제는 서쪽의 월
정리 같은 카페촌이 되어 버린 한담에서 해안 산책로를 걸
었어요. 모래사장에 벤치 하나 덩그러니 놓여 있는 곽지해
수욕장에서 잠시 쉬었던 발길은, 이내 금성리 포구로 이어
져 귀덕리와 수원리를 잇는 해안 도로를 지나면 한림항에
닿아요.

한림 읍내와 옹포리를 지나면 옥빛 고운 협재 바다가 눈
에 들어와요. 제주 입도조인 9대 할아버지가 제주에서 처음
터를 잡은 곳이 협재라고 들었으니, 나로서는 협재 바다가
혈연의 바다인 셈이에요. 산문가이자 시인인 장석주는 협
재 바다를 "아련한 가을비 속에 죽은 고모 이마보다 더 찬
바다"라고 했지요.

어렸을 때 늘 곱게 화장한 얼굴로 맛난 것도 챙겨주고
용돈도 꼭 남몰래 주던 촌수가 먼 고모가 있었어요. 첫 월급
을 탄 기념으로 선물을 사서 부산 간다고 전화를 드렸더니,
어머니가 "고모 선물도 샀느냐?"고 물어보셨기에 뒤늦게
산 작은 선물을 고모에게 드렸더니 눈시울을 적셨던 기억
이 나요. 서울 사는 바쁜 월급쟁이인 막내라는 핑계로 부산

과 제주에서 주로 있었던 집안 대소사에서 열외가 잦았던 나도 주변이 적막했던 고모가 마지막으로 화장하는 날에는 곁에 있었군요.

다비드 르 브르통은 《걷기 예찬》에서 "걷기는 세계를 느끼는 관능에로의 초대다."라고 했어요. 어느 계절이든 어떤 날씨이든 혼자이든 함께이든 제주에서 걷는다는 것은 항상 옳아요. 그리하여 제주에서 걷는다는 것은 바람이나 빛 같은 내 바깥의 풍광들과 생각이나 감정 같은 내 내면의 감각들이 온전하게 합쳐지는 어느 스치는 시간의 관능이기도 한다는 거지요. 작년에 먼 이국땅에서 이 세상을 하직한 허수경 시인은 "나는 내가 태어나서 어떤 시간을 느낄 수 있었던 것만이 고맙다."고 했어요. 슬픔을 말할 수 있는 때란 슬픔을 어느 정도 넘어서서 그 슬픔이 관능이 되기도 하는 어느 서러운 순간이겠지요.

4부
B급 문화 빨대

시적 허용 안 되나요

꺽다가 아닌 꺾다가 바른 맞춤법이라
일러준 다정한 그대여
글자 하나 쓰면서
멀쩡하게 꼿꼿이 서 있는 ㅣ의 허리를
기어이 반으로 꺾어 ㄱ으로 만드는 행위를
네 번씩 하자는 모진 그대여
적금통장 마누라패물 아이저금통도 모자라
네 번째엔 집문서 훔쳤다는
노름꾼 소문에 종긋한 그대여
삼 세 번이라는 말도 있고
만세도 삼창으로 하고
시인도 삼시세끼는 먹어야 사니
그대여,
세 번만 꺾으면 안 되나요

못 꺾은 그 한 번은
그대가 원하는 꺾기로 해요
손목 꺾어 술을 마시고
뽕삘에 취해 뽕짝을 꺾어 부르며
돌아가는 삼각지를 꺾어 돌면
그대의 꺾기가 종점에 이른 거지요
내가 원하는 꺾기를 말할 차례지요
그대의 오래된 집이 보이는
순하게 휘어진 골목길에 와 있어요
서너 걸음이면 닿을 거리를
차마 꺾어 돌지 못하고
주저앉은 그 마음을
그대여,
허리 꺾어 안아주면 안 되나요

간신히 반짝이는

예술이란 게 과연 항해를 멈춰 버린 저 배를 다시 바다로 불러들이는 반짝이는 빛이 될 수 있을까요?

중문에 있는 하얏트호텔에서 열렸던 아트페어에 다녀 왔던 적이 있어요. 관람객이 아니라 전시 작품 판매를 돕는 역할이었지요. 제주도립미술관에서 진행하는 미술관대학 1기 졸업생이기도 하고 몇 년간 도립미술관에서 파트 타임 으로 전시 안내 도우미를 한 적도 있지만, 작품 판매가 목표 이다 보니 일의 긴장도는 완전히 다르더군요. 비교적 이름 이 잘 알려진 제주의 중견 작가들의 작품이 적정한 가격으 로 나왔지만 실제 판매로 이어지는 거는 전혀 다른 차원의 문제였어요.

언젠가 서울에서 조각가인 지인이 자신의 미술 감상 방 식을 공유해준다 하여 따라나선 길에서 "아름다움에 반응 하는 열린 마음을 가진다면 미술 감상이 전시나 행위가 이루어지는 공간을 벗어나서 이렇게 일상에서도 가능한 거 아니냐?"고 물었더니 선선히 고개를 끄덕여주더군요. 감상자의 입장으로야 난해한 평론이나 작가의 지명도나 공간 등에 구애받지 않고 내 방식으로 느끼면 되지만, 작품 판매가 생계의 수단인 작가의 입장에서는 그렇게 자유로울 수만 없는 고차원 방정식의 어려운 문제라는 생각이 들었어요.

십수 년 전에 서울 연남동 벼룩시장에서 샀던 내 생애 첫 구매 작품은 내 애장품이기도 해요. 투자라기보다는 내가 두고두고 집에 걸어두고는 바라보면서 좋아하는 그림이니 아주 바람직한 구매였던 거지요. 뚱뚱하고 다리 짧고 캐주얼한 차림에 모자를 쓴 채 음악에 빠져 있는 남자의 모습이 시간이 갈수록 마치 내 자화상같이 느껴져요. 그림의 인물에서 풍기는 느낌처럼 나는 훈련과 격식이 필요한 A급 문화보다는 충동과 즉흥과 무작정으로도 즐길 수 있는 B급 문화에 더 끌리는 사람이에요.

사실 나에게 미술은 어려워요. 미술이 글이나 음악이나 영화 등에서 쉽게 다가오는 만큼의 공감을 나에게 주지 못하는 거지요. 여하튼 가뜩이나 어려운 미술의 영역에서 며칠간 머물렀다면 이젠 내가 더 쉽게 공감하는 글과 음악과 영화의 영역으로 가는 게 좋을 것 같았어요. 그 무렵 제주에서 뚱뚱하고 다리 짧고 모자 쓴 아저씨가 음악이 흐르는 카페에 편한 자세로 앉아 혼자 책을 보고 있는 어느 B급 영화 미장센 속의 인물을 닮았다면, 그게 나였을지도 모르겠어요.

지리멸렬한 일상의 항구를 잠시 떠나 B급의 방식으로 예술하고 문화하면서 간신히 반짝이는 중인.

러스틱하다는 것

　재래시장을 두리번거리면서 돌아다니는 것을 좋아해요. 어렸을 때 어머니나 형이나 누나들을 따라 부산의 국제시장이나 자갈치시장이나 동네 골목 시장에 가면 설탕 듬뿍 입힌 꽈배기 같은 주전부리를 얻어먹었던 막내가 누렸던 기억 때문이지요. '예전부터 전해 내려오는'이라는 뜻이라는 재래가 궁색한 느낌을 준다고 하여 요즘은 전통시장이라고 부른다지만, 나는 재래시장이라는 오래된 느낌을 주는 어감을 더 좋아해요.

　남대문시장과 동대문시장과 함께 한때는 서울의 3대 재래시장이었다는 말이 무색하게도 어둠이 내리기 시작할 무렵의 겨울에 찾아갔던 뚝도(뚝섬)시장은 쓸쓸하기만 했어요. 그렇게 겨울날의 길바닥 좌판에 하루 종일 깔아놓았어도 아직 다 팔지 못한 채소를 사줄 손님을 기다리는 할머니의 시린 손등처럼 쓸쓸한 냉기가 감도는 시장을 돌아다녔어요.

뚝도시장 인근인 성수동은 오래전에는 작은 수공업 공상들과 창고들이 많았던 일종의 공단 지역이었어요. 최근에는 낡아 버린 공장이나 창고 들의 러스틱한 느낌을 살려 무언가 빈티지한 느낌을 주는 독특한 분위기와 개성을 갖춘 카페들이 여기저기에 많이 들어서면서 멋을 즐기는 젊은이들이 많이 찾아오는 동네로 변신하고 있는 중이에요.

성수동에는 내 입맛으로는 세계에서 제일 맛있는 감자탕을 파는 식당도 있어요. 일부러 그 감자탕을 먹으러 성수동에 오기도 하는 그곳에서 나그네가 주막집에서 국밥 한 그릇 뚝딱하는 재래한 방식으로 감자탕을 비운 후, 낡아 버린 성수동 공장과 함께 녹슬어 가는 풍경이 담겨 있는 어느 카페로 갔어요. 따듯한 날이면 옥상에서 공단의 풍경을 보면서 커피를 마시기도 하지만 추워진 날씨 탓에 옥상은 휑하기만 했어요. 그래도 추워하는 혼자를 아직은 온기가 남아 있는 커피가 덥혀 주고 있어 다행이었어요.

러스틱하다는 것을 좋아해요. 그 녹슬어 가는 쓸쓸한 색이 곱기도 하고 낡아 가는 것의 처음 풍경을 궁금해하는 것도 좋아요. 제주를 떠나 첫가을을 보내고 첫겨울을 앞두었던 그때에 내가 더 행복해하는 공간이 어딘지가 분명하게 보이더군요. 그리고는 제주로 가서 그해의 연말연시를 보내면서 시골책방 시즌 2의 윤곽을 그려 보았어요. 따듯한 빛깔로 녹슬어 가는 내 마음속의 풍경을 쓸쓸한 온기를 담아 그려 보고 싶었던 거지요.

바보리의 물수제비꾼

바보리라는 말을 들으면 제일 먼저 무엇을 떠올리게 되시나요. 애월읍 수산리의 돌창고인 바보리에서 열렸던 '제주, 바다를 닮다' 전시 오픈식에 갔어요. 전시회도 궁금했고 바보리라는 이름도 궁금했기에 가자마자 물어보니 작가들이 술 마시다가 바다가 보이는 마을이라는 의미로 지은 거래요. 몸살을 앓고 있는 제주 바다를 다섯 작가들이 각자의 방식으로 표현한 전시였어요. 기자였던 자신의 아버지인 고영일 선생이 오래전에 찍었던, 지금은 거의 흔적을 찾기 힘든 제주 바다의 풍경을 고경대 작가가 지금 다시 그 현장으로 찾아가 찍어서 옛 사진 속의 풍경과 지금 사진 속의 풍경이 달라진 지점을 비교하게 하는 전시가 인상적이었어요.

저녁이 되자 앞마당에서 바비큐와 막걸리가 있는 뒤풀이가 열렸어요. 참여 작가 중에서 고경대 작가, 김지환 작가,

임형묵 작가 그리고 내가 공익적인 목적으로 유튜브를 통해 소도리팡 방송 등을 하는 미디어협동조합의 조합원이라는 공통점이 있어 한 테이블에 모였어요. 각자 주특기대로 김지환 작가는 해변가의 쓰레기를 모아 작품을 만드는 비치코밍을, 임형묵 작가는 영상 작업과 스킨스쿠버를, 맏형님이신 고경대 작가는 본인의 주특기 대신 적절한 코멘트와 추임새로 다른 사람들의 이야기를 빛내주더군요. 나는 뭐 주특기가 없으니까 그저 고개를 끄덕거리기만 했어요. 오래전에 자신의 시집에 사인을 해주면서 "늘 머리 맑은 날 되세요."라는 글을 적어주었던 함민복 시인이 강연 후 뒤풀이에서 말하는 것보다 듣는 게 남는 장사라는 듯 보였던 모습을 흉내낸 거였지요.

전시장에 오기 전에 시간 여유가 있어서 수산리를 한 바퀴 걸어서 돌아다녔어요. 물메오름과 1960년에 70여 가구가 수몰된 큰 저수지가 있는 마을이 애월읍 수산리예요. 물가에 오면 납작한 돌멩이를 가지고 늘 뜨곤 하는 물수제비는 소년이나 청년 때도 그랬듯이 5번 이상 튀기지 못하는 나의 서투름은 여전하더군요. 문정희 시인은 우리가 사랑해야 하는 이유가 "세상의 강가에서 똑같이 시간의 돌멩이를 던지며 운다는 것이라네."라고 했지요.

참여 작가였던 리투아니아에서 온 아그네 님은 한국말이 아주 유창한 한국과 제주를 정말 좋아하는 사람이라고 들었어요. 밤이 깊어지자 그녀와 초청 가수가 함께 불렀던 노래가 김광석의 〈서른 즈음〉이었지요. 김광석의 노래들 중에서도 내가 제일 좋아하는 시적인 가사의 노래를 들으면서 바라본 물메오름 너머 밤바다 한치잡이 어선들의 불빛이 참으로 아름답더군요. 내가 떠나보낸 것도 아니고 내가 떠나온 것도 아닌 서른 즈음을 오래전에 이미 떠나보낸 중년의 물수제비꾼은 이토록 아름다운 세상에서 여전히 머리 맑은 날이지 못한 바보같이 서툴기만 하군요.

생의 볕날

한성대입구역에서 길상사에 이르는 성북동길 걷기를 좋아해요. 길상사는 백석 시인의 연인이자 법명이 길상화인 여주인장이 운영했던 고급 요정인 대원각 터와 기와집들을 사찰 터로 기증하면서 생겨난 절이에요. 대원각이 요정시절을 지나 갈비를 팔던 한식당이었던 무렵에 서울에 잠시 와 계셨던 어머니를 모시고 왔더니 "서울 한복판인데도 이렇게 계곡물이 흐르고 바람이 시원해서 참 좋구나."라고 했던 말을 들으면서 '내가 가장 시원하게 느꼈던 바람은 어느 무더운 여름밤 내 어머니가 이미 잠들어 있는 내 어린 아들을 향해 천천한 부채질로 일으켰던 그 따듯한 바람이었어요.'라고 속으로만 생각했었지요.

좋아하는 인디 포크 가수인 정밀아의 노래를 성북동에서 들었던 적이 있어요. 미술학도였던 그녀가 자신의 작품전시 개막일에 맞추어 전시회가 열리는 성북동에 있는 지하 갤러리로 기타를 들고 온다는 첩보를 입수했던 거예요. 노래와 그림의 느낌이 비슷했어요. 밝음과 어둠이 공존하는 내면의 세계를 이 사람은 참 맑고 솔직하게 기교를 자제하면서 표현한다는 느낌이 들었던 거지요.

내게는 제주가 그랬어요. 내가 지치고 탁해졌을 때 내색하지 않고 반겨주었던, 압도적이지 않아 편안했던 자연이 있었어요. 변방의 섬으로 지켜온 섬 고유의 문화와 제주 이주 열풍으로 뭍에서 급속히 유입된 비주류 문화가 함께 만들어가는 문화 예술 환경도 그랬지요. 그렇게 나에게 제주는 나태주 시인의 시에서 영감을 받아 정밀아가 만든 노래인 〈꽃〉에서 "다만 너이기 때문에 너가 너이기 때문에 보고 싶은 것이고 사랑스런 것이고 또 안쓰러운 것이고 소중한 것이고 아름다운 것이고 가득한 것이다." 같은 거였지요.

성북동에는 담장 높은 고급 주택이 많은데도 내 기억 속에는 여전히 가난한 도시 동네로만 남아 있어요. 오래전 내 뇌리에 이미 박혀 버린 언어가 부리는 요술인 것 같아요. 김광섭 시인의 〈성북동 비둘기〉에서 그려진 '구공탄 굴뚝 연기'라든가 '채석장 포성' 같은 표현의 영향이지요. 그러니까 페이스북 친구이자 열정적인 초등학교 선생님인 박연미 님이 부산에서 흔한 어느 산복도로쯤에서 찍었던 거로 보이는 빨래 널린 옥상이 있는 궁색한 풍경의 동네로만 성북동을 기억하는 거지요. 그 풍경은 부산 영주동 산복도로에 있었던 건국중학교에 다닐 때 매일 마주했던 진솔한 우리네 삶의 궁색한 모습과도 닮았어요.

부산과 서울과 제주로 이어졌던 삶에 생의 장마도 있었지만, 좋은 부모 만났고 때맞춰 도와주는 사람들이 있어 빨래 잘도 마르는 생의 볕날로 산다 싶어요. 이승과 저승 사이에 놓인 빨랫줄이 언제 끊어질지는 전혀 모를 일이더라도 이 순간만큼은 참 좋군요. 마르는 것은 마르게 하고, 그리운 것은 그리워하고, 소중한 것은 소중하게 하고, 아름다운 것은 아름답게 하고, 가득한 것은 가득하게 하는 볕이 참 좋은 생의 이 한 순간이요.

렛잇비

우리 나라에서 전망이 가장 좋았던 싱딩이 이딘지 아세요. 시골책방에서 버스가 다니는 큰길을 건너서 언덕길 200미터쯤 오르면 조천성당이 나와요. 조천 앞바다의 푸른 풍경이 한눈에 들어오는 전망 좋은 성당으로 유명했지만, 최근에 아파트가 그 앞으로 지어지면서 본당과 마당에서 내려다보는 풍경이 답답해졌지요. 오래전에 교리 교육을 다 받고 영세를 주기 전의 마지막 절차인 신부님과의 면담에서 "하느님을 믿으시지요?"라는 질문에 "믿고 싶습니다."라는 대답만 반복하는 나를 보고 답답해지신 신부님이 "앞으로 신실히 믿겠다는 거지요."라고 마무리하면서 성경에 나오는 첫 순교자인 스테파노라는 영세명을 간신히 얻었지요. 결국 신부님의 기대에 부응하지 못하고 성당에 안 나간 지가 꽤 오래 되었지만, 작년에는 다른 용무가 있어 조천성당을 드나들면서 성당 마당에 놓인 마리아상을 자주 봤어요.

그 무렵 재활용품을 이용해 타악기를 만들고 연주 연습을 하는 프로그램에 참여했어요. 미국, 캐나다, 호주 등 여러 나라의 외국인들이 참여했는데, 그중에는 페루에서 온 마리아도 있었어요. 난생 처음 만났던 페루 사람인 마리아를 보면서 로맹 가리의 《새들은 페루에 가서 죽다》를 떠올렸어요. 알아야 할 것은 모두 알아 버린 나이가 되어 페루의 리마 근처 해변에서 카페를 운영했던 은퇴한 게릴라 레니에가 희망과 체념 사이에서 서성거렸던 그 쓸쓸한 소설 말이에요.

　비틀즈는 성모마리아가 다가와서 말하는 지혜로운 말 (Mother Mary comes to me. Speaking words of wisdom)이라며 그냥 나둬 보라고(Let it be) 노래했지요. 바라는 것이 꼭 이루어지지 않음을 몇 번쯤 겪어본 나이가 되니 그냥 나둬 보는 때도 있음을 알 것도 같아요. 운명론에 너무 기댄다고요? 다만 푸른색 바다가 회색을 띠고 있을 때도 푸른 희망에 대한 유혹이 사라지지 않도록 그냥 나둬 보자며 어설프게 낙관해 보는 거지요.

　실은 알아야 할 것은 어느 정도 알아 버린 나이가 되니 다양한 가치와 입장이 공존하는 세상에서 자신의 생각만이 절대 선하고 옳다면서 다른 생각들을 용납하지 않는 사람을 그다지 신뢰하지 않는, 언제부터 생겨난 것인지도 모르는 고약한 버릇을 가지고 있어요. 생각과 감정을 획일화하고 평준화시키려는 시도는 결코 좋은 문화가 아니라고 믿는 거지요.

왕가위 감독의 영화 〈아비정전〉에는 "다리가 없어 오로지 날아가기만 하다가 지치면 바람 속에서 잠이 들었던 새가 땅에 내려올 수 있는 평생 단 한 번의 그때는 바로 새기 죽는 그날"이라는 장국영의 독백이 나와요. 땅에 닿지 못하고 허공을 날아가기만 해야 하는 다리 없는 새의 모습이란 진영에 소속되지 않으려는 회색인이면서 경계인인 누군가가 날아가는 쓸쓸한 허공과도 닮아 있군요.

우리들 이방인 예술제

　재래시장에 가면 사람 사는 맛이나 여행하는 맛이 한층 깊어지지 않나요. 먼 나라에서 온 그림 엽서가 그리워지는 계절인 가을이 깊어가고 있을 때에 제주에서 가장 큰 재래시장인 동문시장과 길 건너 산지천 광장에서 예술제가 열렸어요. 이름하여 '우리들 이방인 예술제'예요. 우리들이라고 하였으니 이방인 예술제의 취지는 제주로 온 이주민들이 다수인 예술인과 동문시장 상인 간의 서로 돕는 상생이기도 하고, 제주 도민과 관광객 간의 조화로운 공존인 듯해요.

　마침 참여한 예술인들 중에 페이스북 친구들이 계시더군요. 작곡도 하는 실력파인 우아한 분이지만, 가끔씩 페북에서는 스스로 망가지는 살신성인의 사진과 동영상으로 웃음을 선사하는 오픈 마인드 첼리스트 문지윤 님은 동문시장에 있는 횟집 앞에서 연주를 했어요. 무대에서는 애절한 눈빛과 동작으로 처연하게 춤을 추지만, 사석에서는 엄청

난 재담과 타인에 대한 배려로 분위기를 살리는 무용가인 박연술 님은 산지천 광장의 무대를 빛냈어요.

나도 공연에 참여했어요. 아이들에게 인기 지존인 비누 거품 마임이스트가 무대에서 내려오더니 다짜고짜 내 손을 잡고는 무대에 올리는 거예요. 이왕 이리 된 거 축제의 흥을 깨뜨리는 이방인이 될 수는 없지 싶어서 시키는 대로 막춤을 열심히 그리고 솔직히 속으로는 신이 나서 막 췄어요. 마임이스트는 선물로 커다란 비누거품을 만들어서 내게 씌워 주었지요.

무대 주변에서는 주로 한 사람만을 위한 작은 공연들이 열리고 있었어요. 아름다운 인형 말로가 작업실에서 내 초상화를 그려주었어요. 시 한 편을 듣는 동안 당신의 영혼을 그려주는 오소록 극장에서는 내 영혼을 푸른 나무로 그려주었지요. 오소록 극장을 꾸려가는 예술가의 자작시 중에서 "비 온 뒤 맑음, 이것은 명백한 일"이라는 구절이 마음에 남더군요.

축제를 함께 즐기는 순간에는 우리들이었지만 축제가 끝나면 다시 혼자가 되어야만 하겠지요. 고독과 친해지려는 마음이란 게 많은 사람들과 함께였을 때 오히려 외로움이 더 짙어지기도 했던 낭패감의 경험에서 비롯된 건지도 모르겠어요. 이상순이 곡을 쓰고, 고상지가 반도네온을 연주하고, 양희은이 부르는 〈산책〉에는 "문득 이 평화를 잃어버릴 마음의 준비를 해본다. 언제라도 너를 편히 보낼 수 있게. 그때 내가 행여 나를 놓치지 않게."라는 노랫말이 나와요. 문득 우리는 이 아름답고 푸른 지구별을 잠시 스쳐가는 동안 맑게 행복하려는 고독한 이방인일 거라는 생각을 해봤어요. 그 순간에도 사람이 고독해진다는 가을이 점점 깊어가고 있었음은 명백한 일이더군요.

노란에서 푸른으로

　노란색을 가장 좋아했어요. 고흐, 클림트, 마티스 등 거장들의 작품이 예술의 여신인 뮤즈를 만나는 순간을 미디어아트로 표현한 '그대, 나의 뮤즈' 전시회에 다녀왔어요. 관람은 입구에 놓여 있는 고흐의 노란 해바라기와의 기념 촬영으로 시작되었지요. 노란색은 고흐가 가장 행복했던 아를의 색이자 태양의 화가라는 그의 별명에 가장 잘 어울리는 것 같아요. 두 사람만의 우주적인 순간인 키스에서 클림트는 그들만이 공유하는 그 시간들 주위를 노란 금빛으로 황홀하게 그렸군요. 마티스는 그의 생애 말년의 작품인 로자리오 성당의 스테인글라스에 새겨진 생명의 나무를 노란 꽃으로 이미지화했어요.

　회색이나 감청색 톤의 무난한 색의 양복이 유니폼이었던 오래전에 보통 남자는 넥타이로만 자기 색깔을 표현할 수 있었어요. 나도 원색의 조합이나 좋아하는 노란색 톤의 넥

타이를 주로 애용했지요. 넥타이를 맬 일이 거의 없는 요즘에는 모자로 개성을 표현하지만, 노란 옷에나 어울리는 노란 모자를 예술가도 아닌 보통 남자가 쓰기는 어쩐지 민망해요. 전시장을 빠져나오기 바로 직전인 마지막 방에는 "전시장 밖에서 여정을 이어갈 당신의 삶이 당신만의 뮤즈를 찾아서 이 화가들의 예술과 같이 남다른 아름다움으로 완성할 수 있기를 바란다."라는 글이 적혀 있더군요. 나에게 노란 모자를 사라고 권하는 글인 거지요.

제주에 살면서부터 푸른색이 점점 좋아지고 있어요. 북촌 포구로 장소를 옮겨 커피를 볶고 내리는 카페인 알마커피제작소를 준비하고 있는 임동욱 님이 페이스북에 올린 포구 사진이 눈에 들었어요. 흰빛의 등대와 물새를 감싼 신비스러운 푸른색에 끌린 거지요. 시골책방 창밖에서 보이도록 고흐의 노란색인 〈해바라기〉와 푸른색인 〈별이 빛나는 밤〉을 놓아둔 지가 꽤 됐어요. 재미로 놓아둔 거지만 노란에서 푸른으로 넘어가는 시절의 무의식이 담긴 행위인지도 모르겠어요.

제주의 푸른 날에는 푸른 하늘과 푸른 바다를 보고 싶어져요. 서울에서는 심적으로나 지리적인 이유로 자주 못 봤던 푸른 하늘과 푸른 바다니까요. 그리고 보니 제주에 살면서 부쩍 푸른색 모자와 옷과 선글라스 차림으로 하와이안 블루를 마시기도 하면서 많이 돌아다니는 것 같아요.

푸른 날, 푸른 포구, 푸른 그림, 푸른 하늘, 푸른 바다, 푸른 동네, 푸른 목소리, 푸른 노래, 푸른 사람, 푸른 인생, 푸른 차림에서 전해지는 푸른 느낌의 푸른 책방으로 이어지면 좋겠어요. 내가 좋아하는 푸른 섬이 한때 노란을 가장 좋아했던 사람에게 선사하는 푸른 선물이니까요.

내 마음의 그림책

공식적으로야 대구 물레책방에서 열렸던 《제주 1년 살아보기》의 저자인 박선정 여행 작가를 게스트로 하는 북 토크의 패널 자격으로 대구에 다녀왔던 거예요. 실상으로야 제주에서 친하게 지냈던 장수영 작가 부부가 "수홍 쌤이 뜨면 대구 관광 확실히 책임집니데이."라면서 대구 토박이들이 취향 저격 가이드를 해준다며 던진 잿밥에 더 끌렸기 때문이었지만요.

방천시장 모퉁이에 있는 김광석길에서 "동시대를 살아왔으니 우리는 친구 아이가."라면서 환하게 웃고 있는 광석이에게 나는 "흔들렸던 영혼의 기록을 《미처 다 하지 못한》이라는 제목으로 광석이 니가 직접 썼던 에세이집이 시골책방 서가에도 꽂혀 있다 아이가."라고 대답하면서 선술집 탁자를 사이에 두고 광석이와 함께 술 마셨어요.

'막창은 이런 다 쓰려져 가는 집에서 먹어줘야지.'라는 딱 내 취향의 식당에서 막창을 먹고 나서 근처를 둘러보니 철거가 임박한 내당동 언덕길에 벽화가 그려져 있었어요. 대구에서 제일 큰 재래시장인 서문시장에서 열린다는 야시장에 갈 때는 골목길 좋아하는 내 취향에 맞추어 빨간 다라이가 있는 골목을 거쳐서 데리고 가더군요. 구석구석 좋은 곳을 많이 데리고 다녔는데도 촌스러운 나는 이런 오래되었거나 곧 사라질 곳들이 더 기억에 남아요.

장수영 작가의 승용차를 타고 대구에서 1시간 거리인 경주에도 수십 년 만에 다녀왔어요. 봄볕 좋았던 그날에 황리단길과 천마총을 걸으면서 쿠바의 건국 영웅이자 시인인 호세 마르티가 "우리는 바람에 흩날리며 끝없이 방황하는 나뭇잎이 아니고 따듯한 햇볕과 촉촉한 비와 부드러운 바람을 느끼는 꽃이어야 한다."고 했다고 하니 나도 꽃이 되어 봄날을 느껴봤어요.

제주에서는 제주식 죽음의 공간인 산담을 쉽게 볼 수 있듯이, 경주에서는 경주식 죽음의 공간인 왕릉이 일상이지요. 왕릉과 왕릉 사이의 곡선이 오름 능선의 곡선을 닮기도 했어요. 평생 경계인의 삶이었을 조선족 출신인 장률 감독이 삶과 죽음, 환상과 현실 그리고 죽음을 응시하면서 살아야 하는 인생의 절망과 희망을 그렸던 영화인 〈경주〉의 아름다웠던 장면들을 내 마음속에 그려봤어요.

물레책방은 마하트마 간디가 기계화된 현대문명에 대한 비판과 농촌 자립의 상징으로 삼았던 실 잣는 물레에서 그 이름을 가져왔다고 해요. 문화 이벤트가 열리는 헌책방인 물레책방같이 소소한 문화를 좋아하는 대구 사람들과 함께 북 토크도 하고 여기저기로 술자리를 옮겨가면서 제주에 대해서 이야기했어요. 그 무렵이 제주에서 그림책 읽기 모임에 한창 재미를 붙이고 있던 때라, 내 마음의 그림책에 크게 그려져 있던 제주에게 수신되지 않는 내 마음의 공중전화를 걸었어요.

산이 엄마 그리고 윤이 아빠, 고마웠어요. 덕분에 내 마음의 그림책에 대구와 경주를 그릴 수 있었어요.

세상 끝의 풍경

여성영화제, 프랑스영화제, 인도영화축제, 장애인인권영화제, 음식영화축제 등 다양한 영화 행사가 제주에서 매년 열려요. 심지어 독립영화제는 두 번 열리기도 해요. 자본에 덜 매이는 제작과 배급을 지향하는 독립영화는 변방의 섬인 제주의 정체성과도 잘 어울려 보여요.

독립적이기에 다양한 주제를 다룰 수 있어 다양성 영화라고도 불린다는 독립영화처럼 서울에 있을 때보다 자발적 유배인으로 제주에 살면서 더 다양하게 살아간다는 생각을 자주 해요. 누군가가 "바람과 돌과 여자가 많아 삼다도였던 제주에는 이제는 바람만 많아."라고 말했던 기억이 나서 돌과 여자 자리에 생각과 자발적 유배인을 넣어봤어요. 바람 부는 날엔 생각이 많아지고 다양함을 좋아하는 자발적 유배인은 특정한 생각이나 진영으로 몰아가려는 바람이란 게 대개는 불순하다고 생각하나 봐요.

서귀포에 있는 문화 공간 와반에서 독립영화 3편을 연달아 봤어요. 높이가 낮아 야외 공연을 볼 때 다리 쭉 펴고 반쯤 누운 자세가 가능한 접이식 의자와 함께 콜라와 팝콘 대신 시골책방에서 내려간 예가체프와 구운 옥수수를 준비해서요. 혼자 편하게 〈보헤미안 랩소디〉를 보려고 갔던 멀티플렉스 조조 상영관이 좌석 수 24개의 프리미엄급이라 누렸던 뜻밖의 편안함과는 또 다른 느낌인 독립영화의 편안함으로 다양한 주제의 영화들을 봤어요.

　올리브(Olive)나무의 땅을 빼앗기고 한껏 살아가는(All Live) 팔레스타인 사람들의 이야기인 〈올리브, 올리브(All Live, Olive)〉와 한진중공업 노동자들의 이야기인 〈그림자들의 섬〉을 봤어요. 개인적으로는 존 버거의 말년 모습과 생각이 궁금했던지라 알프스 산골 마을에서 생의 마지막 30년을 살았던 존 버거의 이야기인 〈존 버거의 사계(The Seasons in Quincy: Four Portraits of John Berger)〉가 가장 좋았어요.

　존 버거가 이 세상을 떠난 지 얼마 안 되었을 무렵에 어느 북카페의 서가에서 존 버거와 장 모르의 공저인 《세상 끝의 풍경》을 발견하고는 두 거장이 본 세상 끝의 풍경이 궁금해서 읽어봤어요. "세상 끝에 이르기란 불가능한 것이니 이 세상에서 저 세상으로 부단히 움직이는 것으로 만족해야 한다."라는 글을 읽다 보니 오히려 아쉬움만 가득해져 내가 좋아하는 세상 끝 풍경을 생각해봤어요.

사막의 밤에서 바라보는 별이나 북극지방 등에서 운이 좋아야 본다는 오로라처럼 많은 사람들이 공감하는 풍경도 좋겠지만, 우연히 발견하게 된 나만의 독립영화처럼 나에게만 우연하게 특별한 풍경이라면 더 좋을 거 같아요. 더 바란다면 나의 세상 끝의 풍경을 드디어 찾았노라고 들떠 있는 나를 먼발치서 그저 미소 지으면서 바라봐주는 다정한 사람이 우연히 그 풍경의 끝에 있는 것이겠지요. 우연이 풍경이 되는 순간들이 있어 삶은 더 다양하고 흥미진진한 거라고 믿어요. 자발적 유배인으로 다양하게 생각하고 행위하고 싶은 나는요.

너무나도 그다운 행동이다

세상끝의
풍경

41도로 기울어질 때

축제나 공연에서 때로는 관객이 참여하는 무대 밖이 더 재미있기도 하지요. '당신이 나의 신데렐라예요?'가 제목이었던 제주도립무용단의 공연은 제주문예대극장 로비에서 구두가 관람객의 발에 맞으면 그 구두를 그 관람객에게 선물하는 이벤트로 시작되었어요.

현대 무용에는 완전 문외한인 나에게도 마네킹같이 경직된 표정, 기계적인 몸동작, 그리고 공중에 매달린 구두를 쫓아다니는 어둠 속의 군상들이 현대인의 욕망을 상징한다는 것은 읽히더군요. 타인에게 의지해서 자신의 신분을 상승시키려는 신데렐라 콤플렉스를 비판하면서 구두라는 코드가 상징하는 욕망을 추구하다가 소외되어 가는 현대인의 모습을 그리려 했던 기획 의도도 어느 정도 전해졌어요.

공연이 거의 끝나갈 무렵에 등장해서 달콤한 사랑 노래를 불러주었던 뮤지컬 배우의 얼굴이 낯익었어요. 전날 밤

지인이 작은 카페에서 주최한 하우스 파티 형식으로 열린 작은 공연에서 기꺼이 망가지면서 관객에게 웃음을 선사해 준 분이었거든요. 이윽고 이어진 와인 뒤풀이에서도 끝까지 자리를 지켜주었던 분을 큰 무대에서 더 멋진 모습으로 보게 되니 반갑고 더 좋았어요.

공연이 끝나고 또 다른 이벤트가 무대에서 열렸어요. 커피동굴에서 함께 인문학 공부를 했던 허소현 님과 정원호 님 커플이 무대에서 편지를 읽으면서 프로포즈를 하는 이벤트였어요. 그 무대를 기획했으며 커피동굴의 고객이던 제주 도립무용단의 안무 감독이던 손인영 님이 커피동굴에서 소현 님을 만나 제안하면서 이루어진 이벤트였던 거지요.

공연 시작 전에 소현 님이 "수홍 쌤, 혹시 나중에 저희들 이벤트를 핸드폰 동영상으로 찍어주실 수 있나요?"라기에 기꺼이 그러겠다고 했지요. 그날 무대에서 직접 쓴 편지를 읽으면서 프로포즈를 하는 원호 님은 남자인 내가 봐도 정말 멋졌어요. 무대 중앙에서 두 번째 열에 있는 좌석에 앉아 동영상을 찍고 있는데, 관계자가 와서 사진과 동영상 촬영이 금지라고 했어요. 41초에서 멈춰 버린 동영상임에도 두 사람은 너무 좋다고 해주니 아쉬운 대로 'Mission Complete'는 불완전하게나마 이루어졌어요.

두 사람은 자신들의 이벤트가 끝난 후 무대 중앙에서 첫 번째 열에 앉아 두 번째 커플의 프로포즈를 지켜보았어요. 그들이 그 순간을 얼마나 즐기고 행복해했던지는 바로 뒷자리에 앉아 있던 나에게도 고스란히 전해졌어요. 남자에게로 41도의 각도로 기울어가던 여자의 머리는 남자의 어깨에 영원히 일 것처럼 아주 오래도록 머물러 있었거든요.

쏙닥하거나 혹은 굽어가거나

혼자서 호젓하게 걷거나 마음 편한 사람 몇몇과만 쏙닥하게 걷는 숲길이 있어요. 내가 좋아하여 자주 가는 동백동산은 옛날 옛적 용암이 흘렀던 곶자왈 지형의 숲길과 습지가 있는 곳이에요. 한라산문학동인회의 회장이기도 했던 김병심 시인이 초대해주어 제주의 문학 영재 학생들과 함께 동백동산을 걸었던 적이 있어요. 만나보니 모두 지인들이었던 영재들을 가르치는 선생님들과 한국적인 서정시의 계보를 잇는 시인들 중 한 사람으로 꼽히는 문태준 시인도 같이 동백동산 숲길을 걸었지요.

문태준 시인의 일곱 번째 시집도 선물로 받아서 그의 첫 번째 시집을 함께 시골책방 서가에 놓아두었어요. 혼자서도 좋지만 서로의 시공간을 존중해주는 조용한 사람들과 같이 걸으면서 쏙닥하게 노래하는 새가 놀라 날아가지 않게 낮은 소리로 수런거리면서 걸어가는 맛도 좋더군요.

누가 바람을 빚어낼까요
서쪽에서 불어오던 바람이 산죽의 뒷머리를 긁습니다
산죽도 내 마음도 소란해졌습니다
바람이 잦으면 산죽도 사람처럼 둥글게 등이 굽어질까요

　문태준 시인의 첫 시집 제목이기도 한 〈수런거리는 뒤란〉
에서 내가 제일 좋아하는 구절이에요. 적막과 적막 사이에
놓여 있는 소란이 그리 싫지 않은 수런거리는 뒤란이란 어
느 날의 푸른 숲길을 걸어가던 쏙닥한 산책과 닮아 있는 거
같아요. 쏙닥한 느낌이란 쏙닥새가 쏙닥쏙닥하며 노래하는
거 같아서 좋아요.
　어느 여름날에 제주문학의집에서 열렸던 정군칠 시인 6주
기 추모 문학 토크 콘서트에 갔어요. 내가 동인회에 들어가
기 전에 돌아가셨기에 생전에는 뵙지 못했지만, 합평 모임
이나 문학 행사 때 그를 그리워하는 시인들이 많아 몹시 궁
금했던 분이에요. 콘서트에서 시를 대하는 진정성과 속정이
깊던 사람이었다는 그와 얽힌 이런저런 사연들을 들으니 삶
을 잘 사셨던 분인가 봐요. 그래서인지 그의 유고 시선집에
서 "그 길 위에서 그 바람을 들이며 내 등도 서서히 굽어가
더라"는 구절이 더 애잔했어요.

사랑채에 앉아서 멀리 있는 세상의 이치가 다 보인다는 으름장 듣기보다 뒤란에 모여앉아 가까이 사는 이야기를 주고받는 쏙닥한 수런거림을 더 좋아해요. 바람이야 들기도 하고 잦기도 하는 거니 등은 푸르고 둥글게 그리고 쏙닥하게 굽어가고 있는 중이구요.

내 인생의 화양연화

　"시골책방에 있는 책 중에서 들른 김에 잠깐 가볍게 읽을 만한 책 좀 골라주세요."라고 물어보는 분에게 주로 건네는 책이 왕가위 감독의 화보나 미공개 스틸 컷 등이 담긴 그의 영화 인생 모음집 같은 책이에요. 책에 나오는 비현실인 영화 속 장면과 현실인 영화 밖 장면이 섞인 사진들도 볼 만하고, 번역된 글의 느낌이 전혀 전해지지 않을 정도로 유려한 문체도 좋거든요. 한때 사랑이나 고독에 빠진 주인공의 아련한 우수라든가 현실과 꿈의 모호한 경계를 흐릿하게 포착하는 왕가위 감독의 영화를 좋아했었지요.

　내가 놓쳤거나 다시 보고픈 영화를 보러 제주시 원도심에 있는 제주영화문화예술센터에 자주 가요. 언젠가는 이곳에서 주중 내내 배우 양조위의 영화만 상영한 적이 있었어요. 〈색계〉에서는 그를 진심으로 사랑하게 되어 조국과 동료를 배신한 여인의 처형 소식에 눈 한 번 움찔거린 매국노였고,

〈중경삼림〉에서는 떠나 버린 여인을 못 잊는 마음을 사물과의 대화로 표현하던 슬픈 눈을 가진 순정남이었고, 〈무간도〉에서는 갱단에 위장 침투한 경찰을 무간지옥에 사는 사람의 넋 나간 표정으로 연기했지요.

다시 봐도 다 좋았던 영화들이었지만 역시 제일 좋았던 영화는 내 인생 영화 중의 하나인 왕가위 감독의 스타일리시한 미장센의 영화인 〈화양연화〉더군요. 양조위는 앙코르와트 사원의 구멍에게 자신의 화양연화를 담아놓은 비밀을 털어놓고 나서는 가슴에 묻어 버리는 담배 피우는 모습이 쓸쓸했던 남자였지요. 주인공들의 복잡한 감정을 〈유메지의 테마〉를 요요마의 첼로로 되살린 〈화양연화(In the mood for love)〉의 애절한 선율은 장면마다 바뀌는 장만옥의 화려한 치파오처럼 관능적이기까지 했어요. 영화처럼 주저하다 결국 헤어지는 답답한 사랑이든 여한 없이 욕망을 표현하는 거침없는 사랑이든, 사랑은 정답 없는 선택의 문제겠지요. 다만 순정하였기에 인생에서 가장 아름답고 행복했던 시절이라는 화양연화의 한때를 떠올리면서 미소 지을 수 있기를 바랄 뿐인 거지요.

제주에 살면서 최선을 다해 세상을 살지도 못했는데 주어지는 일상의 행운에 감사하다는 생각을 자주 해요. 이 행운이 지속될지 여부는 신의 몫일 거니 오늘은 이 순간에 충실하자는 의미의 라틴어인 '카르페 디엠'인 거지요. 봄날이 서러운 거는 삶의 봄날이 유한해서이고, 마음속 모퉁이에는 간절한 그리움 하나쯤 간직한 채 살아가고, 설령 그런 모든 것들이 봄이 꾸미는 불량한 행각의 혼곤함에서 비롯한 착각일지라도 인생에게 따듯해야 할 긍정의 이유를 애써 찾아보는 거겠지요.

그러니 내 인생의 화양연화에게 색을 입힌다면 벨벳 언더그라운드가 부르는 〈창백한 푸른 눈동자(Pale blue eyes)〉의 푸르름이 알맞을 거고, 소리를 들려준다면 주앙 질베르토가 부르는 〈이파네마에서 온 소녀(The girl from Ipanema)〉의 부드러움이면 좋겠어요. 대자연 속으로 들고 가는 책 몇 권, 좋아하는 음악이 들리는 편안한 공간, 계절 따라 변하는 풍경이 있는 산책길, 거기에 더해서 서로에게 다정한 구석이고 싶은 사람들이 있다면 더할 나위 없겠지요.

"제가 아름다운 걸 좋아해서 배우를 아름답게 찍는 게 아니라 그들을 사랑하기 때문에 아름답게 찍는 겁니다."라는 왕가위 감독의 말은 아름다움이란 결국은 내 마음의 결정이라는 거겠지요. 기억이 흐르기도 하고 머무르기도 하는 골목길을 걸어가는 중년 남자에게도 한때는 빛났던 화양연화였다가 사라진 것들을 돌아보는 순간이 오겠지요. 꿈인 듯 현실인 듯 영화인 듯 말이에요.

굿처럼 아름답게

'굿처럼 아름답게'는 자칭 제주가 낳고 세계가 버린 야매 심방이라는 한진오 극작가가 제주 신화와 무속 등에 관한 강연이나 글을 맺을 때 자주 쓰는 클로징 멘트예요. 한 작가는 제주어로 무속인을 의미하는 심방이 되어야만 하는 신내림이라는 운명의 굴레를 안고 있었다고 해요. 그의 어머니가 막내아들인 한 작가가 심방이 되지 않도록 치성을 드리는 굿을 담은 기록 영화를 본 적이 있어요. 한 작가의 강연을 들으니 자청비, 영등할망, 가믄장아기 등 제주 신화에 나오는 신들은 문자화된 기록으로 전해지는 게 아니고 굿을 하는 동안 심방이 들려주는 이야기로만 구전되어온 것이라더군요. 그러니 제주 신화를 제대로 이해하려면 제주 굿에 대한 공부가 필수적이라고 해요. 그리하여 그는 신 내림을 거부했던 종교적인 차원의 심방은 아니지만, 제주 신화 속의 신들을 불러내는 예술 문화 이벤트에서는 기꺼이 무허가 심방 노릇을 하지요.

굿을 하려면 심방과 고객인 단골들 이외에도 종이로 만
든 신의 형상인 기메를 만들고 제물을 차리는 등의 자잘한
뒷바라지를 하는 소미가 있어야 된다고 해요. 제주의 전통
문화를 보전하고 전승하려는 의미를 담아 제주에서 열리는
많은 굿판에서 이런 소미 역할을 자주 하는 사람이 진주 출
신인 문봉순 선생이에요. 본인이 이 분야 연구로 학위를 받
았고 현장 경험도 많은 전문가이면서도, 자신을 내세우지
않고 뒤에서 표가 안 나는 일을 묵묵하게 해내지요. 작년에
그렇게 두 사람이 역할을 나누어서 뜻맞는 국내외의 여러
문화 예술인들을 모아서 설문대를 부활시켜 사라진 것들의
미래를 짚어보는 불휘공 프로젝트를 진행했어요. 제주 섬
의 모습으로 돌아온 제주 섬의 창조주인 설문대의 육신을
더 이상 훼손하지 말라는 환경 보호의 메시지를 담은 프로
젝트였지요.

제주 신화와 무속에 관한 두 사람의 강연도 듣고 신화의
자취인 설화지와 신당 답사 기행도 여러 번 따라다닌 덕분
에 제주 신화에 대해서 약간이나마 알게 되었어요. 제주 사
람에게 신이란 당대를 살아가던 사람들이 세상살이의 고단
함에서 잠시 벗어나 경건한 대상에게 소원을 비는 보편적

4부 □□ 문화 □□

인 마음인 듯 했어요. 두 사람이 모두 개발과 현대화에 밀려 나고 있는 시대의 추이는 어쩔 수 없다고 말했듯이, 현장에 가보면 어떤 신들의 모습은 길가에 아무렇게나 표식 하나 없는 바위나 나무 같은 을씨년스러운 흔적으로만 여기저기 남아 있기도 했지만요. 언젠가 한 작가는 자신의 페이스북 에 '굿처럼 아름답게'에는 그저 신명날 수만은 없는 시절의 아픔을 역설적으로 담아 아름다운 세상을 만드는 굿판을 벌인다는 의미를 숨긴 거라고 썼어요.

　오래전 유럽을 배낭여행으로 돌아다닐 때 수백 년에 걸 쳐 지었다는 파리의 대성당을 보고는 처음에는 그 거대한

규모와 섬세한 세공에 감탄했지만, 다른 도시에서도 대성
당을 계속 보다 보니 시큰둥해졌던 기억이 있어요. '신이란
이 세상을 창조할 만큼 아쉬울 것 없는 존재인데, 이런 게
신의 영광을 빛내려는 건지 인간의 영광을 빛내려는 건지
잘 모르겠다.' 싶어서요. 지금은 믿음이라고 부르기조차 부
끄럽지만, 성당에서 영세를 받았고 주일의 개인 병원에 몇
몇이 모여 시작했던 개척 교회의 첫 등록 교인이기도 했던
나는 제주의 신을 문화 예술로만 받아들여요. 누추한 마구
간을 택해 세상에 오셨던 신의 놀라운 섭리처럼 신은 가장
낮은 곳에 거할 때 더 아름다울지도 모르지만요.

이별의 형식

이별의 형식을 말할 때가 되었군요. 2017년 가을에 개인적인 이유로 서울로 돌아가기로 하면서 시골책방 시즌 1을 접고 제주와 이별했던 적이 있어요. 생계의 수단을 두고 있는 제주이다 보니 계속 드나들 것이기에 이별이라는 표현이 너무 거창하지만요. 그래도 서울이 주거주지가 되는 것이고 내 마음의 중심을 제주가 아닌 서울에 두는 것이니, 최소한이기는 해도 이별의 형식이 필요했어요.

찾아보니 떠나기 전 사흘을 어떻게 보내겠다고 페이스북에 올린 글이 있더군요. 첫날은 동네 골목길과 포구를 어슬렁거리고, 동네 밥집과 찻집을 기웃거리다가, 음악 듣고 책 보면서 사소하고 게으르고 심심하고 소소하게 하루를 살 거라고 했군요. 둘째 날은 새벽길을 나서 용눈이오름에서 일출을 보고, 당오름 둘레 숲길을 모르는 마음으로 걷고, 월정리 바다를 한참 바라보다가, 저녁에는 제주여성영화제 개막 공연에서 강허달림이 부르는 블루스에 취하여 밤의 한라산으로 별을 보러갈 거라고 했어요. 마지막 날은 아침에 눈을 뜨자마자 생각나는 것을 그냥 하고 싶은 대로 하는 그런 지도 없는 시간을 보내다가, 저녁에는 송별회를 핑계로 커피동굴에서 벗들과 만날 거라고 했군요. 돌아보니 결국 제주와 나누는 이별의 형식이란 게 제주에서 살고 싶었던 삶의 형식이란 거와 닮았더군요. 이별의 순간에 듣는 "너는 오늘 나의 과거가 되었다."라는 탱고의 노랫말이 통속하여 절절하듯이 말이에요.

김영갑이란 뭍에서 온 사진 작가가 제주에 살았지요. 제주의 풍광에 매료되어 허기진 배를 달래면서 셔터를 누르다가 2005년 루게릭병으로 요절했던 그가 가장 사랑했던 오름인 용눈이오름에서 이별의 형식으로 일출을 보고 싶었나 봐요. 하지만 그날 새벽 바다에 깔린 구름은 곧 제주를 떠나 육지로 가려는 사람에게 용눈이오름에서의 해돋이 풍경을 허락하지 않을 듯 했지요. 그러다가 날이 밝아오기 시작할 무렵 구름 위로 해는 주위를 붉은 곱슬머리로 밝히면서 아주 잠깐 모습을 보여주었어요. 성산 일출봉은 희미한 실루엣이었고, 능선에서는 빗자루 탄 마녀의 콘셉트로 사진 찍는 사람들이 마법처럼 서 있었지요.

"그러하니, 중산간을 봤다고, 오름을 안다고 얘기하지 말라. 그대가 안개를 아느냐, 비를 아느냐, 구름을 보았느냐, 바람을 느꼈느냐, 그러니 침묵해라. 중산간 들녘의 아름다움을 노래할 수 있는 사람은 그곳에 씨 뿌리고 거두며 마지막엔 뼈를 묻는 토박이들뿐이다. 최소한 그대들의 신산한 삶을 가슴으로 받아들이며 오름을 경외하는 이들만이 그 아름다움을 받아들일 자격이 있다."

시골책방 서가에도 꽂혀 있는 김영갑 작가의 사진첩에 나오는 글이에요. 빗자루 탄 마녀가 부리는 마법 같은 일이란 동화의 형식일 뿐 현실의 형식은 아닌 듯해요. 그러니 그해와 다음해까지 가을과 겨울 두 계절을 보내고 다시 돌아온 섬에게서, 그것이 이별의 형식이든 삶의 형식이든 나는 아직 아니 어쩌면 영원히 멀기만 한 걸까요.

붉은 곱슬머리의 독일 청년인 미샤엘 슐테(Michael Schulte)는 "나와 함께 늙어가자고 그대는 말했잖아요(You said you'd grow old with me)."라고 노래했어요. 마법의 형식이 필요할지도 모르겠군요. 나와 함께 늙어가자고 그대가 말할 수 있도록.

명랑 다크한 주인장의
詩가 있는 골목 책방

ⓒ 김수홍, 2019

1판 1쇄 ㅣ 2019년 4월 15일

지은이 ㅣ 김수홍
펴낸이 ㅣ 박효열

기획 ㅣ 샨티
편집 ㅣ 박세라
디자인 ㅣ 전소영
제작처 ㅣ 신도인쇄

펴낸곳 ㅣ 대숲바람
등록번호 ㅣ 342-91-00751
주소 ㅣ 서울시 서대문구 연대동문길 120 타임힐 102호
전화 ㅣ 02-418-0308
팩스 ㅣ 0504-467-1416

ISBN ㅣ 978-89-94468-11-2 03810